FANTASY

Die Welt der DRACHENLANZE
im Goldmann Verlag:

Die Chronik der DRACHENLANZE
1. Drachenzwielicht (24855) • 2. Drachenjäger (24856) • 3. Drachenwinter (24857) • 4. Drachenzauber (24858) • 5. Drachenkrieg (24859) • 6. Drachendämmerung (24860)

Die Legenden der DRACHENLANZE
1. Die Brüder (24861) • 2. Die Stadt der Göttin (24862) • 3. Der Krieg der Brüder (24863) • 4. Die Königin der Finsternis (24864) • 5. Der Hammer der Götter (24865) • 6. Caramons Rückkehr (24866)

Das Heldenlied der DRACHENLANZE
1. Das Ehrenwort (24587) • 2. Verrat unter Rittern (24589) • 3. Das Schwert des Königs (24591) • 4. Heldenblut (24593) • 5. Unter dunklen Sternen (24594) • 6. Die Stunde des Skorpions (24595)

Die Geschichte der DRACHENLANZE
1. Die Zitadelle des Magus (24538) • 2. Der Magische Turm (24539) • 3. Die Jagd des Todes (24540) • 4. Der Zauber des Palin (24541) • 5. Der edle Ritter (24542) • 6. Raistlins Tochter (24543)

Der Bund der DRACHENLANZE
1. Ungleiche Freunde (24867) • 2. Die Erben der Stimme (24868) • 3. Die Stunde der Diebe (24869) • 4. Finstere Pläne (24870) • 5. Das Mädchen mit dem Schwert (24871) • 6. Verspätete Rache (24872) 7. Schattenreiter (24673) • 8. Das Siegel des Verräters (24674) • 9. Stahl und Stein (24675) • 10. Das Schloß im Eis (24676) • 11. Der Zauber des Dunkels (24677) • 12. Die Jäger der Wüste (24678)

Die Krieger der DRACHENLANZE
1. Der Dieb der Zauberkraft (24816) •
2. Die Ritter der Krone (24817)

DRACHENLANZE – Die Neue Generation (24621)

Die Erben der DRACHENLANZE
1. Drachensommer (24708) • 2. Drachenfeuer (24718) • 3. Drachennest (24782) • 4. Die Grube der Feuerdrachen (24783)

Weitere Bände in Vorbereitung.

TINA DANIELL

DER BUND DER DRACHENLANZE 6

Verspätete Rache

Aus dem Amerikanischen
von Imke Brodersen

DRAGONLANCE®

GOLDMANN

Die amerikanische Originalausgabe erschien
unter dem Titel »DRAGONLANCE® Saga, Meetings Sextet 3:
Dark Heart« (Chapters 9–15)
bei TSR, Inc., 1801 Lind Ave SW, Renton, WA 98055, USA

Umwelthinweis:
Alle bedruckten Materialien dieses Taschenbuches
sind chlorfrei und umweltschonend.
Das Papier enthält Recycling-Anteile.

Der Goldmann Verlag
ist ein Unternehmen der Verlagsgruppe Bertelsmann

Genehmigte Taschenbuchausgabe

U. S., CANADA,
ASIA, PACIFIC &
LATIN AMERICA
Wizards of the Coast, Inc.
P.O. Box 707
Renton, WA 98057-0707
+ 1-206-624-0933

EUROPEAN HEADQUARTERS
Wizards of the Coast,
Belgium
P.B. 34
2300 Turnhout
Belgium
+32-14-44-30-44

Visit our website at http://www.tsr.com

Published in the Federal Republic of Germany by
Wilhelm Goldmann Verlag, München
Deutschsprachige Rechte beim
Wilhelm Goldmann Verlag, München
Umschlaggestaltung: Design Team München
Umschlagillustration: Agt. Schlück/TSR
Satz: IBV Satz- und Datentechnik, Berlin
Druck: Elsnerdruck, Berlin
Verlagsnummer: 24872
Redaktion: Andreas Helweg
V. B. · Herstellung: SC
Printed in Germany
ISBN 3-442-24872-8

1 3 5 7 9 10 8 6 4 2

Für Connie und Hank.

Mein Dank gilt Jim Lowder, der meinem Manuskript den letzten Schliff gegeben hat, Mary Kirchoff für ihren Vertrauensvorschuß und Pat McGilligan für seine Geduld und die fundierte, wenn auch nicht immer gern gehörte Kritik.

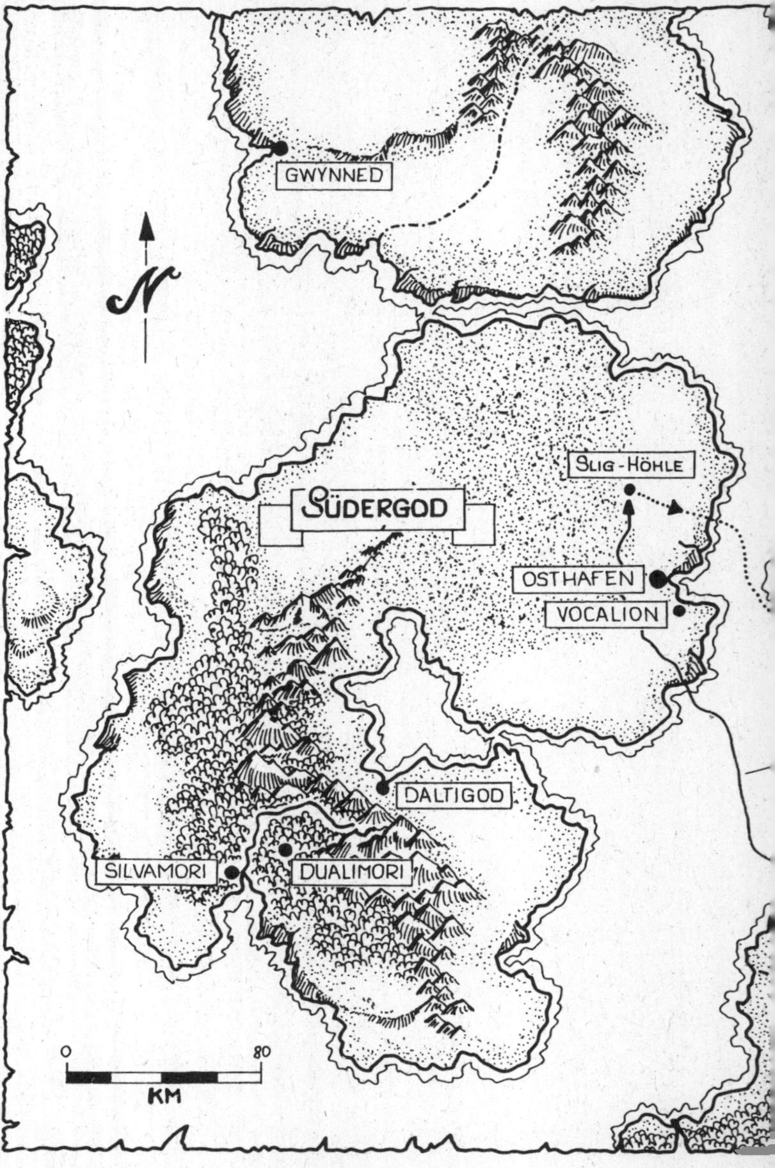
GWYNNED
N
SLIG-HÖHLE
SÜDERGOD
OSTHAFEN
VOCALION
DALTIGOD
SILVAMORI
DUALIMORI
0
80
KM

SOLANTHUS
BURG THELGAARD
SOLAMNIA
GARNET
LEMISCH
KARGOD
SCHALLMEER INSEL
ROUTE DER »SILBERHECHT«
MANTILLA-TAL
ABANASINIA
NEUE SEE
NEUKÜSTE
XAK TSAROTH
SOLACE

Kapitel 1

Wieder zu Hause

Als Kitiara in Solace ankam, war es Spätsommer, und die Äste der majestätischen Vallenholzbäume formten ein smaragdgrünes Blätterdach über ihr. Die vertrauten Gerüche spornten Cinnamon an. Das Pferd brauchte keinerlei Hilfe, um den Weg zu seinem alten Stall im Schuppen hinter dem Haus der Majeres zu finden. Kit tränkte die Stute und nahm dann im Gedenken an Ursas Warnung Becks Schwert und versteckte es unter einem unverdächtigen Heuhaufen. Später würde sie die Waffe in ihr Dachzimmer hochschmuggeln.

Mit gemischten Gefühlen stieg sie die Wendeltreppe nach Hause hoch.

Es war bald Essenszeit. Kit wußte, daß wahrscheinlich die ganze Familie daheim sein würde. Als sie gerade eintreten wollte, ging die Tür auf, und Caramon stürzte sich auf sie. Er kreischte vor Aufregung.

»Du bist wirklich wieder da! Raist hatte recht! Er hat gesagt, du würdest hier sein, wenn ich die Tür aufmache. Ich habe mit ihm um eine Packung Kandis gewettet, daß du nicht da bist, aber die geb' ich ihm gern.«

Caramon nahm Kit bei der Hand und zog sie ins Haus. Rosamunds Tür war fast geschlossen, und Gilon war nicht da. Obwohl es ein warmer Spätnachmittag war, hatte Raistlin seinen Stuhl nah an den Herd gezogen. Auf seinem Schoß lag ein aufgeschlagenes Buch. Neugier, Bewunderung, Trotz und eine gewisse Gereiztheit vermengten sich in dem Blick, den er Kit schenkte.

»Ich habe dich nicht so früh zurück erwartet. Hat sich die Reise gelohnt?« fragte Raist sie ernst.

Kit grinste. Der kleine Raist war immer noch derselbe. »Sagen wir mal, sie hat ein paar unvorhergesehene Wendungen genommen. Seht selbst, ob sie sich gelohnt hat.«

Caramon, der ahnte, daß es gleich Geschenke geben würde, begann, neben Kit auf und ab zu hüpfen. »Oh, sie hat uns etwas mitgebracht. Das sollte aber was Gutes sein; schließlich warst du den ganzen Sommer weg.«

Schwungvoll zog Kit zwei kleine Päckchen aus ihrer Tasche. Obwohl Raist kühl und gefaßt erscheinen wollte, sprang auch er vom Stuhl und lief zu Kit. Das erste Päckchen gab sie Caramon. Er riß die einfache Verpackung auf und stieß angesichts des Kurzschwerts, das sie ihm mitgebracht hatte, einen Freudenschrei aus.

»Das muß aber teuer gewesen sein!« krähte Caramon, der es bewundernd hin- und herdrehte.

In Wahrheit hatte Kit das Schwert dem toten Kagonesti abgenommen, aber es gab keinen Grund, Caramon das zu erzählen. »Paß auf, daß du dich nicht schneidest«, ermahnte sie ihn.

Raist packte sein kleineres Paket langsamer aus, wirkte jedoch genauso begeistert über seine Lederfläschchen.

»Und die waren erst mal teuer!« sagte Kit augenzwinkernd zu Raist. Der tote Kagonesti hatte auch sie beigesteuert.

Als die beiden Jungen ihre Mitbringsel untersuchten, kam Gilon mit Kräutern und anderen Lebensmitteln herein. Er wirkte gehetzt. Überrascht sah er Kit an, doch dieser ersten Reaktion folgte sofort ein herzliches, breites Lächeln. Weil er die Hände voll hatte, konnte er die etwas peinliche Entscheidung umgehen, ob sie sich nun umarmen sollten oder nicht.

»Aha, unsere Abenteurerin ist wieder da! Du bist in den letzten paar Monaten bestimmt eine ganze Handbreit gewachsen. Willkommen daheim, Kit.«

Sie war in der Zeit wirklich gewachsen, körperlich und auch sonst. Gilon bemerkte, daß Kit nicht einfach jugendliche Großspurigkeit an den Tag legte, sondern echte Selbstsicherheit. Und während man sie bei flüchtigem Hinsehen immer noch für einen Jungen halten konnte, war das nicht mehr möglich, wenn sie mit ihrem schiefen Lächeln und den strahlenden Augen direkt vor einem stand.

Gilon warf das Essen, das er mitgebracht hatte, auf den Tisch. In diesem Moment schlurfte Rosamund mit trüben Augen aus ihrer Schlafkammer. Ihr Gesicht zeigte keinerlei Regung, weder Kit noch sonst jemandem im Raum gegenüber. Ihre Haare waren ungekämmt, und sie hatte offensichtlich in ihren Kleidern geschlafen.

Kit runzelte die Stirn. Gilon sprang hin und führte ihre Mutter in die Schlafkammer zurück, wobei er beruhigend auf Rosamund einredete. Die Zwillinge, die mit ihren neuen Sachen beschäftigt waren und wahrscheinlich an die geisterhaften Auftritte ihrer Mutter gewöhnt waren, nahmen kaum davon Notiz.

Gilon kam wieder herein. »Ich fürchte, es wird noch etwas

dauern, bis wir essen können«, sagte er entschuldigend zu Kit, »und es gibt nicht viel. Ich bin beim Kochen nicht so geschickt wie du.«

Anscheinend hat sich das Schicksal verschworen, mir meinen Platz in der Küche zu erhalten, dachte Kit bei sich. »Setz dich, Gilon«, meinte sie seufzend. »Ich mach' das. Ich bin nicht aus der Übung gekommen, besonders in den letzten paar Wochen.«

Während sie ein Wiedersehensessen zubereitete, unterhielt Kit Gilon und die Zwillinge mit ausgewählten Geschichten von ihren Abenteuern. Ursa wurde darin zu Trubaugh, denn sie hielt es für klüger, so viel wie möglich von ihm zu verschleiern, einschließlich seines Namens. Er war ein geheimnisvoller Mann, den sie auf dem Frühlingsmarkt kennengelernt hatte und der geschworen hatte, er wüßte, wo ihr Vater wäre. Er wollte sie zu ihm bringen, weit nach Nordwesten, wenn sie für ihn und seine Kumpane kochen würde. Als sich herausstellte, daß er sie für schändliche Zwecke mitgelockt hatte – an dieser Stelle runzelte sie die Stirn, um anzudeuten, daß diese Beweggründe lieber nicht angesprochen werden sollten –, erleichterte sie diesen Trubaugh um einen Teil seiner Börse und ließ ihn und seine unselige Bande mitten in der Nacht zurück.

»Gut für dich!« sagte Caramon bewundernd.

»Ja, er hatte Schlimmeres verdient«, fiel Raistlin ein.

»Was war mit Gregor?« fragte Gilon zögernd. »Wußte Trubaugh wirklich etwas? Oder war alles gelogen?«

»Lüge, wie alles bei Trubaugh«, sagte Kitiara, die betrübt den Kopf schüttelte.

Nachdem sie Trubaugh verlassen hatte, fuhr Kit fort, hatte sie sich über gefährliche Bergpfade bis zu dem Örtchen Drachenkopf durchgeschlagen, das von Bergleuten und Holzfällern bewohnt wurde. Das klang besser als ›Stumpfhausen‹, fand sie und war auf ihren Einfallsreichtum ziemlich stolz.

In dem Gasthaus des Ortes ließ es sich gut leben, und dort

fand sie für einige Wochen Arbeit und Freunde. Aus Piggott wurde ein lächerlicher Trunkenbold, und das buntgemischte Publikum, das sein Haus besuchte, bekam lauter passende, komische Rollen zugewiesen. Sie erwähnte die richtigen Namen nicht und ließ ihre schlechten Erfahrungen aus. Gilon und Caramon lachten herzlich über ihre phantasievolle Fassung der Ereignisse, Kitiara merkte jedoch, wie Raistlin sie nachdenklich anblickte.

Caramon, der normalerweise leicht hinters Licht zu führen war, stellte Unmengen von unschuldigen Fragen über die Zeit, in der sie fort gewesen war, und Kit druckste herum, während sie nach passenden Antworten suchte.

»Na los, hast du denn die ganze Zeit nicht gekämpft? Bestimmt doch. Mit wem? Mit diesem komischen Trubaugh oder mit einem aus dem Gasthaus? Was für Waffen hattet ihr? Hast du gewonnen?«

Kit lächelte nur und fuhr ihrem Bruder durchs Haar. »Mal dir nicht soviel aus, Caramon. Habe ich etwa Narben?«

Als sie alles abstritt, wirkte Caramon niedergeschlagen, doch Gilon und Raist sahen sie voller Skepsis an.

»Was ist mit dir?« fragte Kit Caramon, um abrupt das Thema zu wechseln. »Hast du mit deinem Schwert geübt? Und wie ist die Zauberschule, Raist?«

»Na ja, ich hatte keinen zum Üben, aber ich hab's doch ganz ordentlich hingekriegt«, prahlte Caramon. »Weißt du noch, dieser Scheinangriff mit der Parade, den du mir gezeigt hast? Das kann ich jetzt perfekt. Ich zeig's dir nach dem Essen, ja?«

»Und die Zauberschule?« beharrte Kit.

Raistlin schaute auf seinen Teller. Kit fiel auf, daß Gilon Caramons Zwilling bittend ansah.

»Ich kenne schon die meisten der Jungen, die das erste Jahr bei Morat sind«, antwortete Raist mit leiser Stimme.

»Prima!« rief Kit begeistert aus. »Und was ist mit Freunden? Hast du schon welche gefunden?«

»Ich habe eigentlich nicht viel mit den anderen Jungs dort zu tun«, antwortete er, während er stur seinen Teller anstarrte.

Kits und Gilons Blicke trafen sich. Scheinbar unbeschwert zuckte sie mit den Schultern. »Wahrscheinlich sind das alles verzogene kleine Bücherwürmer«, meinte Kit. In ihren Augen gab es viel wichtigere Dinge, als der Beliebteste aus der Klasse zu sein.

Gilon stand vom Tisch auf, um Rosamund dazu zu bewegen, etwas zu essen. Kitiara blieb sitzen, um mit den Zwillingen herumzuflachsen und ihre Bewunderung zu genießen. Als Gilon unverrichteter Dinge zurückkam, war Kit an der Reihe aufzustehen, jedoch nur für einen Augenblick. Sie kam mit einem kleinen Beutel in der Hand zurück, den sie vor Gilon auf dem Tisch ausleerte. Es war ein kleiner Haufen Kupfer- und Silberstücke.

»Ich weiß nicht, wie lange ich hier bleibe, aber ich möchte mein Zimmer und mein Essen so lange bezahlen. Das sollte reichen.«

Die Zwillinge staunten angesichts der Münzen. So viel Geld auf einem Haufen hatten sie ihr ganzes Leben noch nicht gesehen. Gilon war einen Moment sprachlos.

Als er anfing, die Geldstücke vom Tisch zu nehmen, sagte der große Holzfäller schließlich sichtlich bewegt: »Danke, Kitiara. Das hilft uns sehr.«

Kit hatte die große Geste genossen, und sie wollte wirklich helfen. Aber als sie sah, wie Gilon das Geld zählte, fühlte sie doch einen Stich. Sie war auf der Heimreise nicht gerade sparsam gewesen, indem sie sich unterwegs mehr als nur einmal ein weiches Bett in einem Gasthaus gegönnt hatte. Nachdem sie Gilon jetzt diese Münzen gegeben hatte, war sie praktisch pleite, was bedeutete, daß sie länger in Solace festsitzen würde, als ihr lieb war.

Ach was, dachte Kit bei sich, ich bin schon einmal ohne einen Heller aufgebrochen. Im Notfall kann ich das wieder tun.

Am Abend kletterte Kitiara die Leiter zu ihrer Schlafstatt hoch und warf einen Blick auf ihr altes Quartier. Groß war es ihr noch nie vorgekommen, wenigstens hatte es ihr früher ein bißchen Ruhe beschert. Doch jetzt wirkte es eng und schäbig. Todmüde streckte sie sich auf ihrem Strohsack aus und bemerkte dabei selbst, daß sie in den letzten paar Monaten gewachsen war, denn ihre Füße hingen gut zwei Fingerbreit über den Bettrand.

Von unten hörte Kit, wie Raistlin sich im Schlaf herumwarf und stöhnte. Die Jungen waren länger aufgeblieben als gewöhnlich und waren sehr müde, als sie sich schließlich hinlegten. Raist bekam dann oft Alpträume. Kit hörte, wie Caramon aufstand, um zu Raistlin ins Bett zu klettern und ihn zu beruhigen.

Aus Gilons und Rosamunds Kammer kam ein rhythmisches Schlurfen. Wenn Rosamund in Trance herumwanderte, mußte ihr Gilon nachts mitunter wirklich eine Schlinge um die Hand binden und sie an den Bettpfosten fesseln. Dann lief Rosamund neben dem Bett auf und ab und murmelte die ganze Nacht vor sich hin. Heute war das offenbar wieder einmal der Fall.

Wieder daheim, dachte Kit und seufzte. Trotzdem war sie froh, in Solace zu sein – vorläufig. Sie wollte sich sofort überlegen, wie sie ihren Aufenthalt abkürzen konnte, doch bevor sie eine Lösung fand, übermannte sie der Schlaf.

Das Aufwachen fiel ihr schwer. Kit streckte sich auf ihrer zu kurzen Unterlage. Aus dem Geflüster, das von unten kam, schloß sie, daß Gilon und Raist sich bereits für ihren langen Weg nach Teichgrund rüsteten und daß der Rest der Familie noch schlief. Es war früh – erst kurz nach Sonnenaufgang –, als sie sie aus der Tür schlüpfen hörte.

Kit wartete noch einen Augenblick, bis sie ganz sicher fort waren, bevor sie ein paar Kleidungsstücke nahm und vom Dachboden herunterstieg. Als sie unten ankam, war Caramon schon auf. Auf die Ellenbogen gestützt, lächelte er sie verschlafen an.

»Was ist mit deiner Schule, Caramon? Wann mußt du da sein?«

»Ich muß in einer Stunde los, falls ich gehe. Wenn Mutter einen Anfall hat, bleibe ich meist zu Hause, damit ihr nichts passiert. Was ist mit Frühstück? Vater läßt mir normalerweise was da.«

Kit fand ein Honigbrot, das im Vorratsschrank beiseite gelegt war. Allzu gut war der Schrank nicht bestückt. Sie schmierte sich selbst eine Scheibe und holte noch mehr Essen für sich und Caramon zum Frühstück heraus.

»Was machen wir nach dem Essen?« fragte Caramon gespannt. »Soll ich dir meinen Scheinangriff zeigen?«

»Schling nicht so«, ermahnte Kit ihren kleinen Bruder, der angefangen hatte, sein Frühstück in sich hineinzustopfen.

»Zuerst muß ich auch mal was essen, und bevor ich dann etwas anderes mache, muß ich mich um Cinnamon kümmern, die braucht Futter und Wasser. Vielleicht hinterher.«

»Ich habe dein Holzschwert genommen, solange du fort warst, das, was Gregor dir dagelassen hat«, sagte Caramon, der fröhlich weiterplapperte. »Ich hoffe, da hast du nichts dagegen. Zum Üben ist das nämlich ganz toll. Allerdings bin ich jetzt zu groß dafür – jetzt, wo ich ein echtes Schwert habe.«

Kitiara langte über den Tisch und verpaßte ihm eine Kopfnuß.

»Aua! Was soll das?« fragte Caramon.

»Für deine Dämlichkeit«, antwortete Kit. »Das richtige Schwert läßt du zu Hause, bis du größer bist. Das hat mir mein Vater jedenfalls eingeschärft: Zeig nie ein Schwert, wenn du es noch nicht richtig benutzen kannst. Und soweit bist du die nächsten Jahre noch nicht. In der Zwischenzeit ist ein Holzschwert genau richtig für einen Knirps wie dich.«

»Och«, sagte Caramon zerknirscht.

»Aber, Kitiara, du bist ja wieder da.«

Kit schrak hoch, als sie ihren Namen hörte, und drehte sich zu Rosamund um, die auf der Schwelle zu ihrer Schlafkammer stand. Ihre Mutter war aufgewacht, lächelte und war im Moment bei klarem Verstand. Sie schien nur noch aus Haut und Knochen zu bestehen und wirkte fast wie eine Greisin.

Weder Rosamunds geisterhafte Erscheinung noch ihre veränderte Gemütslage schienen Caramon besonders zu beeindrucken, der glücklich zu seiner Mutter hinsprang, sie umarmte und küßte.

»Ja, ist das nicht toll? Sie ist gestern zum Abendessen nach Hause gekommen. Sie hat mir ein richtig wertvolles Schwert mitgebracht, Mutter.«

Caramon nahm Rosamund jetzt an der Hand und führte sie zur Kochstelle. Dort ließ er sie los und holte schnell den bequemen Lehnstuhl aus Eschenholz, Rosamunds Stuhl, den Gilon eigenhändig gebaut hatte. Caramon schob ihn ans Fenster, wo die Sonne hereinschien. Rosamund sank in den Stuhl und lehnte den Kopf zurück. Anscheinend hatte sie allein der kurze Weg durch den Raum schon erschöpft.

Kit sah, wie schwach Rosamunds Verfassung war. Heute würde Caramon nicht zur Schule gehen. »Soll ich Teewasser für dich aufsetzen, Mutter?« fragte der Junge.

Rosamund lächelte. »Das klingt gut, Schatz.«

Caramon holte eifrig den Kessel. Kit sah deutlich, daß er ihr beweisen wollte, daß er bereits ganz alleine Tee kochen konnte.

Als Rosamund einen Schluck Tee nahm, zeigte Caramon ihr stolz das Schwert, das Kit ihm mitgebracht hatte. Während er neben ihr kniete, streichelte sie seine goldbraunen Haare. Die ganze entrückte Aufmerksamkeit ihrer Mutter galt dem Jungen. Obwohl Kit wochenlang fort gewesen war, nahm Rosamund ihre Tochter kaum wahr. Je länger Kit unbeachtet dastand, desto mehr ärgerte sie sich über die idyllische häusliche Szene, von der sie sich ausgeschlossen fühlte.

»Und, Caramon?« unterbrach sie scharf. »Wollen wir jetzt mit den Schwertern üben oder nicht?«

»Na klar!« Er sprang schon auf.

»Holst du mein Schwert auch, ja?« bat sie ihn.

Caramon griff unter sein Bett und holte sowohl Kitiaras altes Holzschwert als auch das mit dem kleinen Griff hervor, das Gilon ihm geschnitzt hatte. Während der Möchtegernkämpfer begeistert beide Holzklingen durch die Luft sausen ließ, warf Kit einen Blick auf Rosamund, die mit verletztem Gesichtsausdruck in ihrem Stuhl zusammengesackt war.

»Erst müssen wir nach Cinnamon sehen«, erinnerte Kit. »Ich bring' dir mal bei, wie man ein Pferd pflegt. Das sollte ein Krieger auch wissen.«

Caramon schoß ohne einen weiteren Blick auf seine Mutter zur Tür hinaus.

Caramon und Kitiara trainierten ein paar Stunden lang. Kit benutzte ihr altes Holzschwert, womit sie sich kindisch vorkam, doch sie würde bestimmt nicht Becks Schwert herausholen, damit Caramon – oder wer auch immer vorbeikommen würde – es sehen konnte. Caramon schwang das Schwert, das er von Gilon hatte. Es war kürzer als ihres, aber stabiler. Beide Spielzeugwaffen waren so scharf, daß es weh tat, wenn sie trafen.

Bruder und Schwester setzten einander unten am Schuppen hart zu. Kit mußte eingestehen, daß Caramon sich enorm verbessert hatte. Was ihm an Technik fehlte, machte er durch Behendigkeit und Entschlossenheit mehr als wett. Sie konnte ihn zwar treffen, aber nicht mehr in die Enge treiben. Der forsche Sechsjährige runzelte konzentriert die Stirn, auf der ihm die schweißnassen Haare klebten, doch er wurde langsam müde. Kit ging es ebenso, aber keiner wollte aufgeben.

»Gehen wir an den See«, machte Kit schließlich ein Friedensangebot.

Nicht weit von ihrem Haus entfernt lag der Krystallmirsee – Altweibersee, wie die Kinder ihn manchmal nannten, weil der Legende nach eine Hexe dort herumspukte. Hin und wieder wurde das alte Weib von einem Fischer gesichtet, der zuviel getrunken hatte, oder von einem Gnom auf Wanderschaft, der sich, wenn er die Geschichte hörte, zwei oder drei Tage lang ans Seeufer setzte und sein Absolut-alles-durchschauendes-Aquaskop ausprobierte.

»Gute Idee«, meinte Caramon, der vor ihr herlaufen wollte. Kit überholte ihn an einer Biegung ohne Mühe.

Das Ufer war teils moosbewachsen, teils sandig, der See still. Am Wasserrand hatten sich Stöcke, Blätter, tote Insekten, Wasserpflanzen und Seerosen angesammelt.

Eine Stunde lang erforschten sie das Ufer, wobei sie häufig stehenblieben, um große Steine umzudrehen und kleinere über die Wasseroberfläche hüpfen zu lassen. Caramon watete hinein, um Krebse zu fangen, die ihm jedoch aus den ungeschickten Händen entwischten. Kit grinste, als er einen von ihnen beschimpfte, dem es gelungen war, ihn in den Finger zu zwicken. Als ihr Bruder rückwärts in Wasser kippte und klatschnaß wieder auftauchte, brach sie in schallendes Gelächter aus.

Oben am Ufer wrang Caramon sein Hemd aus, während Kit faul auf dem Rücken lag und sich wunderte, wie sie das gute alte Solace so bald schon wieder langweilen konnte.

»Kit?«, fragte Caramon, der angestrengt das Wasser aus seinem Hemd drückte.

»Ja?« antwortete sie verträumt.

»Hast du je das alte Weib gesehen?“ wollte er wissen.

»Was für ein Weib?«

»Das vom Altweibersee.«

»Ach«, meinte sie mit geschlossenen Augen. »Das ist bloß so eine Geschichte, um kleinen Kindern angst zu machen.«

»Das sagt Raist auch«, gab Caramon kleinlaut zu.

Anschließend gingen sie nach Hause, sahen nach Rosamund, die schlief, und beschlossen, Cinnamon ein bißchen Bewegung zu verschaffen. Während Kit die Stute sattelte, scharrte Caramon ziellos herum und durchwühlte den Schuppen.

»Kit! Was ist das denn? Das hast du mir gar nicht gezeigt. Wo hast du das her? Das ist wunderschön!«

Kit fuhr herum und sah, daß Caramon mit Becks Schwert herumfuchtelte. Wütend riß sie es ihm weg und packte es schnell wieder ein. Dann schob sie es tiefer ins Stroh bis hinter einen Steinhaufen.

»Wo das herkommt, geht dich nichts an«, sagte sie ergrimmt. »Keiner darf erfahren, daß ich das habe. Verstanden? Niemand! Bei deiner Kriegerehre, versprich, daß du es vergißt.« Drohend baute sie sich vor ihrem kleinen Bruder auf.

»Bei was?«

Kit hob die Hand.

»Ja, ja, schon gut, versprochen.«

Später gingen sie reiten. Kit saß hinter Caramon und hatte die Arme um ihn gelegt, so daß sie beide die Zügel halten konnten. Nachdem sie die Fuchsstute hinter dem Wald ins hohe Gras gelenkt hatten, ritten sie ein paar Stunden kreuz und quer durch das freie Gelände, wobei sie so lachten, daß sie fast vom Pferd fielen. Wie gut sich der Wind anfühlte!

Als sie vom Reiten zurückkamen, war schon fast der ganze Tag vergangen. Um diese Zeit kam Raist gewöhnlich heim. Caramon erzählte Kit, daß sein Zwillingsbruder an manchen Tagen länger blieb und dann in Teichgrund übernachtete. Eine Reihe von Lehrlingen stammten von weiter fort und wohnten in der Zauberschule, weshalb es gute Zimmer gab. Aber meistens lief Raistlin lieber den langen Weg nach Hause. Als Kit nach dem Grund fragte, erwiderte Caramon mit nachdenklicher Miene:

»Er hat dort nicht viele Freunde. Er hat mir erzählt, daß sie ›der Schlaue‹ zu ihm sagen. Ich glaube, weil er klüger ist als alle anderen. Er ist immer als erster mit seinen Aufgaben fertig und kann sich die Zaubersprüche am besten merken.« Caramon machte eine kurze Pause, sah auf seine Zehen hinunter und trat beim Gehen nach einem Stein. Er runzelte die Stirn. »Morat mag ihn anscheinend auch nicht besonders. Der Zaubermeister denkt sich immer wieder besondere Aufgaben für ihn aus. Das ist der Grund, warum Raist über Nacht bleibt; wenn er nämlich zu viele Extraaufgaben hat.«

Vor dem Aufstieg zum Haus Majere blieb Caramon stehen, die Fäuste in die Seiten gestemmt. »Ich weiß, ich sollte ihm helfen, aber ich weiß nicht, wie. Ich weiß, ich müßte mich um Raistlin und Mutter kümmern, wenn du nicht da bist. Vater versucht es ja, aber er arbeitet von morgens bis abends, bloß damit wir etwas zu essen auf dem Tisch haben.«

In diesem Augenblick war Kit stolz auf Klein-Caramon. War er nicht in mancher Hinsicht genau wie sie? War sie nicht auch erst sieben gewesen, als Gregor sie mit Rosamund allein zurückgelassen hatte? Und hatte sie nicht mit acht die volle Verantwortung für die Pflege der Zwillinge übernommen?

Da tauchte Raistlin vor ihnen auf. Seine Kleider waren schmutzig und zerrissen. Ein Auge war zugeschwollen, und seine Oberlippe blutete.

»Wer war das?« fragte Caramon herrisch.

Raist schob sich mit zitternder Unterlippe an den beiden vorbei in Richtung Haus, ohne eine Wort zu sagen. Drinnen stürzte sich Rosamund auf der Stelle aufgeregt schluchzend auf ihn. Sie setzte ihn auf einen Stuhl, um seine Lippe und die Kratzer zu säubern. Caramon lief vor der Tür auf und ab und schwor Rache. Kit hielt sich abseits, während sie die Szene besorgt beobachtete.

Anschließend zog sich Rosamund in den Anbau zurück, und Raistlin und Caramon begannen zu streiten.

»Wenn ich bei dir gewesen wäre, wäre das nie passiert«, sagte Caramon, der sich in die Brust warf.

»Mach dich nicht lächerlich. Das ist etwas zwischen mir und –«

»Caramon, reg dich ab«, befahl Kit. »So, Raist, jetzt erzähl uns, was passiert ist. Ich glaube, wir sind uns einig, daß jede Rache von uns allen dreien viel süßer sein wird als alles, was du allein aushecken kannst.« Ihr Ton ließ keine Widerrede zu.

»Ich war auf dem Heimweg von der Schule, kurz vor Solace, da wo die jungen Bäume stehen«, fing Raistlin langsam an. »Ich war gerade aus der hellen Sonne in den Schatten dieses Waldstücks gekommen, und meine Augen hatten sich noch nicht ganz an das Zwielicht angepaßt, darum weiß ich nicht genau, was passiert ist. Aber irgend jemand oder irgend etwas ist in dem Moment auf mich heruntergesprungen, als ich gestolpert bin. Ich glaube, über ein Seil, das quer über den Pfad gespannt war. Ich bin mit dem Gesicht auf ein paar Steine geknallt, davon habe ich die aufgesprungene Lippe.

Bevor ich wieder klar denken konnte, waren meine Hände und Füße gefesselt. Ich habe gesehen, wer mich gefesselt hat – das war Dune Wister. Sein Bruder Bronk war bei ihm. Sie haben sich darüber lustig gemacht, daß ich ein Zauberkundiger bin. Dann haben sie meine Taschen durchsucht. Ich hatte natürlich kein Gold oder Silber, aber sie haben die Beutel genommen, die du mir für meine Zauberzutaten gegeben hast, und haben statt dessen *Fledermausmist* hineingetan. Dann sind sie lachend weggerannt, und ich habe ziemlich lange gebraucht, um mich zu befreien.«

Raist sah ganz kurz so aus, als wenn er gleich weinen würde, doch dann unterdrückte er die Tränen standhaft.

»Diese Schweine!« fuhr Caramon auf.

»Ruhe!« fauchte Kitiara.

»Dune und Caramon sind in der Schule in einer Klasse«, fuhr

Raist fort. »Dune ist genau wie sein Bruder, ein fetter Raufbold. Jedesmal, wenn er uns sieht, zieht er über Mutter her.« Raistlins Stimme wurde etwas gedämpft.

»Erzähl ihr vom letzten Mal«, drängte Caramon.

»Letztes Mal«, berichtete Raistlin nach einem Blick auf seinen Bruder, »war ich vorbereitet. Wir haben in Teichgrund bis jetzt noch nicht viele Zauber gelernt, bloß ein paar einfache Illusionen. Für die eine braucht man nur getrocknete Käferflügel, die ja leicht zu bekommen sind. Darum hatte ich welche dabei. Und als Dune dann anfing, etwas über Mutter zu sagen, hat Caramon ihn festgehalten und ich hab' den Zauber gesprochen. Jedesmal, wenn er den Mund aufmachte, um etwas zu sagen, kamen Viecher raus.« Raistlin und Caramon grinsten bei der Erinnerung daran.

»Viecher?« wiederholte Kit.

»Na, Käfer und Ameisen, Tausendfüßler und Fliegen. Dune konnte nicht mehr den Mund aufmachen, ohne Viehzeug auszuspucken. Der Spruch sollte ein paar Stunden anhalten; darum glaube ich, daß es ihm an dem Tag bestimmt keinen Spaß mehr gemacht hat, andere zu ärgern.«

Trotz seiner Kratzer und der geschwollenen Lippe wirkte Raistlin stolz. Caramon grinste jedoch nicht mehr. »Wir sollten es auf meine Weise beilegen«, erklärte er wild. »Wir sind drei gegen zwei. Bronk und Dune werden es nicht wagen, Raist noch einmal anzuspringen.«

Raistlin sah seinen Zwillingsbruder finster an, doch Kit kam ihm zuvor.

»Ein guter Kopf ist mehr wert als ein Dutzend gestandene Krieger«, sagte sie mit Nachdruck. Das war einer von Gregors Wahlsprüchen, den die Zwillinge schon öfter von Kitiara gehört hatten.

»Kommt her«, sagte sie, während sie ihre kleinen Brüder nah zu sich heran zog. »Ich habe eine Idee.«

Die Sonne war gerade aufgegangen, als Kit den Zettel unter der Tür durchschob. Sie hoffte, daß Bronk – der Älteste – als erster zur Arbeit aufstehen würde. Wenn Aurelie damals vor ein paar Monaten recht gehabt hatte, würde Bronk einer Einladung von Kitiara nicht widerstehen können, selbst wenn sein bißchen Verstand ihm sagen sollte, daß die Umstände verdächtig waren.

Mein Herz hat schneller geschlagen, als ich dich neulich sah. Wir treffen uns bei Sonnenuntergang am Ende des Wegs zum Krystallmirsee.

Voller Sehnsucht, Kitiara.

Weil Raistlin immer noch über Schmerzen klagte, ging er heute nicht nach Teichgrund. Gilon zog bei dieser Ausrede die Augenbrauen hoch, denn Raist war selbst mit hohem Fieber immer ganz versessen auf die Schule gewesen. Aber Gilon hatte seine eigenen Sorgen, und Raists Schauspielerei überzeugte ihn.

Nachdem Rosamund den Zwillingen fürsorglich Frühstück gemacht hatte, war sie erschöpft, und sie döste in ihrem Lieblingsstuhl ein.

Kit, Raist und Caramon liefen den ganzen Tag geheimnistuerisch rein und raus. Nachdem sie sich ein letztes Mal flüsternd abgesprochen hatten, verschwand Kit am Spätnachmittag mit einem Bündel unterm Arm. Keiner von ihnen kam zum Abendbrot nach Hause, so daß Rosamund sich große Sorgen machte.

»Keine Bange«, sagte Gilon, als er nach Hause kam. »Die hecken sicherlich nur einen dummen Streich aus.« Er strich seiner Frau beruhigend über die weißen Haare. Doch auch Gilon machte sich Gedanken.

Kit hatte sich einen Aussichtspunkt auf einem Hügel gesucht, von dem aus man den Pfad zum See überblicken konnte. Dort hielt sie Wache. Wie erwartet tauchte Bronk eine gute Stunde vor Sonnenuntergang auf, um die Gegend mißtrauisch nach

Fallen abzusuchen. Er ging gründlicher vor, als sie erwartet hatte, ließ sich dann aber auf einem Baumstumpf am Rande des Sandufers am See nieder.

So ein Pech. Eine Weile zuvor hatten die Zwillinge an der anderen Seite von genau diesem Stumpf eine Leine festgemacht, die ins Wasser lief. Kit wollte nicht, daß Bronk womöglich am Stumpf herumzustochern begann, deshalb zog sie schnell ihre Tunika und die Hose aus und rollte dann das Bündel aus, das sie von zu Hause mitgebracht hatte.

Im frischen Wind flatterte ein hauchdünnes geblümtes Kleid, das Rosamund früher mal getragen hatte. Kit betrachtete das Kleid etwas mißmutig, schlüpfte dann jedoch hinein. Die lebhaften Farben hoben sich von ihren dunklen Haaren ab.

Bronk bohrte mit der Stiefelspitze müßig im Sand herum. Kit blickte den Pfad nach Solace hoch. Keine Spur von den Zwillingen, doch sie hatte keine Wahl. Sie mußte mit der Farce beginnen.

Während sie darauf achtete, daß Bronk sie nicht sah, schlich Kitiara eilig zur Rückseite des Hügels, auf dem sie Wache gestanden hatte, und betrat dann den Weg. Zum Glück bemerkte er sie gleich und hörte mit dem Scharren im Sand auf.

Sie stieß einen Seufzer der Erleichterung aus. »Ich bin so froh, daß du gekommen bist, Bronk«, sagte sie gedämpft. »Ich hatte nicht damit gerechnet, daß der Weg hierher so finster sein würde.«

Bronk mißverstand ihren Seufzer als Flirtversuch. Als sie näher heranglitt, konnte Kit sehen, daß sein Mund offenstand. Er war eindeutig überrumpelt.

»Tja, ich, äh, ich … was sollte die Geheimnistuerei, Kitiara?« stammelte er, während er sich in die Brust warf, um möglichst männlich zu erscheinen.

»Ach«, setzte Kit an, »es ist einfach so, daß ich dich schrecklich lange nicht gesehen habe.«

»Du warst fort«, sagte Bronk und klang etwas beleidigt. Nervös blickte er sich um. »Alle haben sich gefragt, wo du warst. Keiner wußte was Genaues. Nicht einmal deine Brüder, glaube ich. Wo bist du denn gewesen?«

»Ist das so wichtig?« fragte sie und senkte den Kopf. Sie versuchte es mit leichtem Schniefen. »Ist sowieso alles vorbei.«

»Was ist vorbei?« wollte er wissen.

»Ist das so wichtig?« wiederholte Kit geheimnisvoll. Schnief, schnief.

Bronk kam näher und legte ihr unbeholfen einen Arm um die Schultern.

Wo waren Caramon und Raist? Wie lange mußte sie es noch mit diesem Esel aushalten und ihn an diesem Baumstumpf herumstehen lassen?

»Na schön«, meinte Bronk selbstzufrieden, »es freut mich, daß du deinen Fehler einsiehst. Ich hatte immer gedacht, daß wir ... also, daß du und ich ... ich meine, auch wenn ich deine blöden Brüder nicht mag, hab' ich immer gedacht, daß wir zwei Freunde sein könnten. Mehr als Freunde.«

Das war eine für Bronk ausgesprochen lange und fast ausgefeilte Rede gewesen. Und er wirkte danach erschöpft und dazu verwirrt, als hätte er mehr verraten, als er ursprünglich vorgehabt hatte. Wieder schossen seine Augen nervös herum. Dann drückte Bronk Kit vorsichtig an sich.

»Was soll das heißen, ›mehr als Freunde‹?« fragte sie naiv und klimperte mit den Wimpern. Wo waren ihre verdammten Brüder? Aber Bronk, den nur sein nächster Zug beschäftigte, bemerkte die angespannte Haltung ihrer Schultern nicht.

Sein Arm legte sich fester um sie. Kitiara lächelte ihn an und hoffte dabei, er würde nicht merken, daß sie die Zähne zusammenbiß.

Bitte! Viel länger konnte sie das nicht aushalten.

In diesem Moment hörten sie vom Weg her Jungenstimmen.

»Wer ist das denn?« fragte Bronk sichtlich verstimmt.

Die Stimmen wurden lauter, bis Kit und Bronk ein paar Worte verstehen konnten.

»Das nimmst du sofort zurück«, schimpfte Caramon.

»Mein Bruder würde niemals –«

»Vielleicht glaubst du es ja, wenn du es selber siehst.« Das war Raist.

Bronk hatte seine Hand von Kits Schultern genommen und sah sie erneut argwöhnisch an. Als er schließlich gewahr wurde, daß er wirklich Dunes Stimme hörte und dazu die Zwillinge, regte er sich auf.

»He, was soll das?« fragte er Kitiara mit einem Schubs gegen die Schulter.

Dune kam um die Ecke. Er war zwischen Caramon und Raistlin eingeklemmt, die ihn regelrecht vorwärts schoben. Als er seinen Bruder neben Kit stehen sah, riß er die Augen auf.

Dune war ein einfältiger kleiner Kerl, der seinen großen Bruder vergötterte. Caramon und Raistlin hatten ihm erzählt, daß Bronk heimlich Kit den Hof machte. Dune konnte nicht glauben, daß sein Bruder um das Mädchen warb, über das Bronk so viele gemeine Sachen gesagt hatte. Mit einer Wette hatten die Zwillinge den Jungen zum Krystallmirsee gelockt, um den beiden angeblichen Turteltauben aufzulauern und das Verhältnis zu beweisen.

»Bronk!« schrie Dune entgeistert.

»Das ist eine ganz üble ... verfluchte ...« Bronk spie noch ein paar Wörter aus, doch die waren nicht mehr zu verstehen.

Kit hatte vorgehabt, alle nah ans Wasser zu locken, doch jetzt hielt sie es für richtig, gleich zu handeln, solange Bronk noch durcheinander war. Sie huschte um den Stumpf und zog an dem versteckten Seil.

Nichts.

Sie zog noch einmal fester. Diesmal merkte sie, wie am anderen Ende etwas nachgab.

Kitiara gab Raist ein Zeichen, woraufhin der zurückblieb. Er stand in seiner besten Zauberpose bereit.

Nach ein paar leisen Sätzen von Raist begann die Oberfläche des Sees dicht bei dem Ufer, an dem sie standen, zu blubbern und zu brodeln. Das merkwürdige Geräusch erregte Bronks und Dunes Aufmerksamkeit. Auf der Stelle ließ das Interesse der Brüder an ihrer Privatfehde nach. Sie erstarrten und blickten wie gebannt auf den See.

»Was ist das?« flüsterte Bronk Kit ängstlich zu.

Gut. Keiner dachte mehr an Raistlin.

Dunkle Rauchschwaden und hohe Flammen loderten vom Sandufer hoch. Die Wasseroberfläche kochte, und langsam erhob sich eine riesige Gestalt.

Im Rauch und im Zwielicht war schwer zu erkennen, was die Gestalt wirklich darstellte. Etwas, ein Wesen, menschenähnlich, aber viel größer, dem nasse Tentakel aus schleimigen Pflanzen von den Seiten hingen. Plötzlich glühte ein orangerotes Feuer aus den leeren Augenhöhlen, und seine Arme begannen sich zu bewegen, als würde das schreckliche Ding ans Ufer kommen.

»Das ist das Weib!« flüsterte Caramon Dune ins Ohr.

»Das Weib!« schrie Dune entsetzt. »Das ist das Weib!«

Schreiend vor Angst, rannten sich Bronk und Dune fast gegenseitig über den Haufen, während sie den Pfad hochrasten. Die am See Zurückgebliebenen konnten ihr Kreischen noch minutenlang hören, ehe es in der Ferne verklang.

Kit, Raist und Caramon brachen lachend im Sand zusammen. Dann lenkte sie ein lautes Zischen aus dem Wasser ab. Als sie aufblickten, sahen sie, wie die schauerliche Gestalt langsam in sich zusammenfiel.

»Ich hab' mich schon gefragt, wie lange diese Schafblasen die Luft wohl halten würden«, meinte Raist, der mit einem Mal nachdenklich wurde. »Als wir das Ding in den Käfig stopfen und versenken mußten, hatte ich Angst, die Luft würde rausgehen und es würde nicht hochkommen, wenn Kit den Deckel wegzog.«

»Du hattest Angst?« rief Kit japsend vor Lachen aus. »Bronk hätte mich um ein Haar geküßt!«

»Hast du gesehen, wie sie davongerannt sind?« fragte Caramon mit glühendem Gesicht und strahlenden Augen. »Wird eine ganze Weile dauern, bis einer von denen uns wieder ins Gesicht sieht.«

»Es wird eine ganze Weile dauern, bis sie sich gegenseitig wieder ins Gesicht sehen können«, fügte Raistlin ernst hinzu.

»Natürlich«, mußte Caramon unbedingt noch hinzufügen, »hätte ich sie auch plattmachen können, wenn ihr zugelassen hättet, daß ich die Sache auf meine Art regele.« Er nahm eine verletzte Haltung ein. »Aber das war natürlich lustiger«, gab er kurz darauf zu. »Gute Arbeit, Raist.«

»Das ›Monster‹ hast du gebaut«, sagte der.

»Das Ding da lassen wir hier«, meinte Kit, die aufgestanden war, um die Reste ihrer Schöpfung anzusehen. »Bronk und Dune kommen bestimmt tagsüber zurück, um die Sache zu untersuchen. Dann können sie sehen, wovor sie davongelaufen sind – Birkenrinde, ein leeres Bierfaß, Schafblasen und alte Lumpen. Das war die Hexe vom Altweibersee.«

Wieder lachten sie.

»Morgen erzählen wir es überall, stimmt's?« rief Caramon begeistert. »Das wird ihnen eine Lehre sein.«

»Nein«, sagte Raist.

Caramon wunderte sich, doch Kit nickte. Sie verstand.

»Sollen sie sich doch fragen, warum wir es niemandem erzählen«, sagte Raist weise. »Sollen sie sich doch fragen, wann wir damit anfangen.«

Auf dem ganzen Rückweg zur Hütte lachten sie, während sie noch einmal ihren fabelhaften Streich an Dune und Bronk durchspielten. Zu Hause war sogar Kit entzückt, denn Rosamund hatte Vanillepudding gekocht.

Fast seit dem Moment ihrer Rückkehr nach Solace brannte Kitiara vor Ungeduld. Doch während die Tage kürzer wurden und der Herbst nahte, blieb Kit weiter im Haus Majere. Ehe sie sich versah, war schon wieder der Winter angebrochen, dann der Frühling, dann ein weiterer Sommer.

Kit wollte unbedingt wieder fort, doch sie hatte kaum Geld und kein rechtes Ziel. Es gab nichts Neues über ihren Vater, und sie war so weit von Silberloch entfernt, daß sie nicht erwarten konnte, irgend etwas Neues von Ursa zu hören. Sie wußte ja auch, daß der Söldner nie wieder in diesen Teil der Welt zurückkehren wollte.

Meistens kümmerte sie sich um Caramon und Raistlin, doch die beiden beschäftigten sich nur mit ihrer Schule und waren inzwischen so selbständig, daß Kitiara sich kaum um sie zu kümmern brauchte.

Rosamunds Gesundheitszustand hatte sich erneut verschlechtert. Die meiste Zeit hatte sie keine Ahnung, daß Kit wie früher oben in ihrem kleinen Kabuff lebte. Rosamund war so schwach, daß sie teilweise wochenlang bettlägerig war. Wenigstens konnte man sie so leicht pflegen. Auf Gilons Bitte hin kam Bigardus mehrmals in der Woche ins Haus.

Kits alte Freundin Aurelie Damark hatte sich zur Frau entwickelt und einen festen Freund gefunden, Ewen Low, einen Kadetten der Miliz. Wenn die beiden jungen Mädchen sich trafen, kicherten und tratschten sie wieder wie früher, doch Aurelies Mutter sorgte dafür, daß Kit möglichst wenig eingeladen wurde.

Der nächste Winter kündigte sich an. Als das Wetter kälter wurde, hockte Kit häufiger bei Otik, um sich die Reisenden anzusehen, die durch Solace zogen.

Kapitel 2

Ein Versprechen

Obwohl Otik Sandahl das Wirtshaus »Zur Letzten Bleibe« erst ungefähr fünfzehn Jahre führte, hatte sich der Ruf des Hauses schon in ganz Abanasinia verbreitet. Reisende legten Wert darauf, in Solace Station zu machen, um Otiks selbstgebrautes Bier und seine Würzkartoffeln zu kosten. Der Wirt selbst galt als Original. Seine runden Augen und sein ebenso runder Bauch verrieten eine Lebensfreude, die er trotz der harten Arbeit mit seinen Gästen teilen wollte.

Der gegenwärtige Bekanntheitsgrad des Wirtshauses »Zur Letzten Bleibe« war um so bemerkenswerter wegen des schlechten Rufs seiner vorherigen Besitzer. Das waren Hügelzwerge gewesen, ein Ehepaar, dessen sture Art einem alles vergällen konnte, vom Bier bis zu der ohnehin ungastlichen Stimmung, die die Reisenden schon in dem Moment spürten, in dem sie das Haus betraten. Die Küchengerüche hätten selbst die Nase eines Gossenzwergs beleidigt – zumindest beinahe.

Vielleicht lag die Wurzel in ihrer Unzufriedenheit, daß sie so hoch über der Erde wohnen mußten, oder in dem endlosen Ärger darüber, daß ihr Clan aus den Bergen vertrieben worden war. Was auch immer der Grund war, ihre Ehe bestand aus kalten Blicken und offenem Gekeife, obwohl sich der Ruf des Wirtshauses dadurch immer noch weiter verschlechterte.

Eines Tages stand der Mann vor allen anderen Bewohnern von Solace auf, packte ein paar Sachen ein und verließ die Stadt. Keiner vermißte ihn, am allerwenigsten seine Frau, die das Haus Gerüchten zufolge »für einen halben Kenderpfennig« an den nächstbesten Reisenden verscherbelte – nämlich Otik Sandahl. Wo Otik hergekommen war oder wo er hinwollte, war ziemlich unklar. Doch unabhängig von seinen ursprünglichen Plänen, hatte Otik einen Punkt in seinem Leben erreicht, wo er weniger reisen und endlich seßhaft werden wollte. Auf jeden Fall war es ein glücklicher Zufall. Otik hatte seine wahre Berufung gefunden.

Zuallererst ging er daran, das Wirtshaus gründlich zu putzen und den Vallenholzboden sowie die Einrichtung liebevoll auf Hochglanz zu polieren. Dann nahm er sich die Küche vor. Über seine würzigen Bratkartoffeln verriet Otik nur, daß das Rezept zwei Grundzutaten hatte: Kartoffeln und Gewürze. »Wenn dich das nicht satt macht, brauchst du nicht zu zahlen«, sagte Otik gerne. Bald zweifelte keiner mehr an dieser Aussage.

Nicht ganz so berühmt, aber ebenso lecker waren die anderen Gerichte, deren Zubereitung er auf seinen Reisen gelernt hatte – geschmorte Forelle, Entenleberpastete, Rehsuppe und Cranbeerenüberraschung.

Seine Wanderzeit spiegelte sich auch in der Dekoration der Wirtsstube wider. Otik schmückte die Wände mit zahlreichen Mitbringseln, Kuriositäten und allem möglichen Zeug, an dem sein Herz hing. Und diese Sammlung wurde ständig erweitert. Trotz der Proteste seiner Gäste ließ es sich Otik nicht nehmen, sein Wirtshaus jedes Jahr für einen Monat zu schließen – weil er niemand anders zugetraut hätte, es ordentlich weiterzuführen –, um seiner immer noch drängenden Wanderlust nachzugehen.

Otik war fest entschlossen, in seinem Leben so viel wie möglich von Krynn zu sehen, und er kam weit herum. Auf einer groben Karte hinter dem langen Schanktisch, die er von einem Kender gegen die Mahlzeit eingetauscht hatte, waren alle Orte mit einem Kreuzchen markiert, an denen er gewesen war. Otik kam immer mit Andenken zurück – einmal mit einer furchterregenden Minotaurenstreitaxt, ein anderes Mal mit einem feinbestickten Elfenschal.

An seinem ersten Tag in Solace präsentierte er diese Mitbringsel dann mit großem Tamtam seinen Stammgästen und jedem, der zufällig im Gasthaus weilte. Anschließend fügte er die Dinge stolz seiner Dekoration hinzu, machte viel Aufhebens um den besten Ausstellungsplatz und ließ sich dabei ausgiebig von seinen Gästen beraten.

Inzwischen war das Wirtshaus »Zur Letzten Bleibe« zu einem richtigen Museum mit Gegenständen aus den verschiedensten Kulturen von Krynn geworden. Diese Sammlung war einer der Gründe, weshalb Kitiara es liebte, aber auch haßte, im Gasthaus herumzulungern. Dort starrte sie die Sachen an und gab sich Tagträumen hin, woher sie wohl stammten und was sie mitgemacht haben mochten. Aber solche Tagträume führten Kit immer wieder zu der Tatsache zurück, daß sie in Solace festsaß, fernab von allen Abenteuern. Bei diesem Gedanken vergrub sie dann ihren Kopf in den Händen, stöhnte vor Sehnsucht und verließ dann eilig das Gasthaus, in dem sie sich eine gute Woche lang nicht mehr blicken lassen würde.

Doch Kitiara kam stets zurück. Da sie zu jung war, um an Otiks Bier Geschmack zu finden, und zu knapp bei Kasse, um sich seine herzhaften Gerichte leisten zu können, bestellte sie meist nicht viel, sondern saß einfach allein an ihrem Tisch, wo sie stundenlang an einem Glas Birnensaft nippte. Ihr Lieblingsplatz war eine Ecke an der Eingangstür. Dort hatte sie alle Reisenden gleich im Blick, die die lange Wendeltreppe zu dem Haus in den Baumwipfeln hochkamen. Einer von ihnen brachte vielleicht Neuigkeiten über ihren Vater. Einer von ihnen konnte vielleicht das langweilige Leben in Solace erträglicher machen.

Kitiara war viel länger in dem Baumdorf geblieben, als sie nach der Rückkehr von ihren Abenteuern mit Ursa und dem Aufenthalt in Stumpfhausen erwartet hatte – über zwei Jahre. Vergeblich hatte sie auf eine passende Reisegruppe gewartet, der sie sich hätte anschließen können, um wieder fortgehen zu können, Reisende, die etwas Interessanteres ansteuern wollten als das nächste Dorf.

Anfangs hatte es Otik nicht recht gefallen, daß ein so junges Mädchen bei ihm herumhing, doch mit der Zeit gewöhnte er sich an Kit – vor allem, weil seine Versuche, sie hinauszuwerfen, nichts fruchteten. Wenn er Kit zur Vordertür hinauskomplimentierte, schlüpfte sie hinten wieder herein. Wenn er beide Türen im Auge behielt, kletterte sie irgendwo durch ein Fenster herein. Wenn sie dann endlich fort war und er sie ganz vergessen hatte, drehte er sich um und sah sie doch wieder an einem Fenster sitzen.

Um die Wahrheit zu sagen, war Kit gar nicht schlecht fürs Geschäft. In der richtigen Stimmung, konnte sie bei den besten Kunden Mäuschen spielen. Geduldig hörte sie den Geschichten von ihren Reisen zu, und jedes Gasthaus braucht gute Zuhörer ebenso wie gute Erzähler.

Außerdem hatte Otik im Grunde ein gutes Herz. Er nahm es Kit nicht krumm, daß sie nicht ständig zu Hause sein wollte, denn er wußte, daß sich dort alles um Rosamunds Krankheit drehte. Wenn keine anderen Gäste da waren, fing Otik mitunter sogar selbst ein Gespräch mit Kitiara an. Er erzählte gerne, woher seine Souvenirs kamen, und nahm hin und wieder auch mal eins von der Wand, damit Kit es vorsichtig anfassen konnte. Gespannt lauschte sie Otiks kleinen Geschichten und eignete sich dadurch Kenntnisse über die Welt an, die sie in der Schule nie erworben hätte. Der Wirt behandelte Kit freundlich, so wie er Jahre später auch Tika Waylan behandeln würde, die verwaiste Tochter eines seiner Schankmädchen.

Otik war klar, daß Kitiara nicht mehr lange in seinem Haus herumsitzen würde. Mit ihren sechzehn Jahren legte sie bereits das Linkische des Heranwachsens ab. Ihr Gesicht hatte klare, eckige Formen angenommen. Es verengte sich von hohen Wangenknochen zu einem entschlossenen Kinn. Die untere Hälfte des Gesichts erschien durch volle, rosige Lippen sanfter. Ihre dunklen Augen waren von glänzenden Wimpern umrahmt, deren Mitternachtsschwarz zu ihrem schwarzen Lockenkopf paßte, den sie weiterhin männlich kurz trug.

Da Kit ihr äußeres Erscheinungsbild egal war, trug sie am liebsten enge Tunikas und Beinkleider, in denen sie sich vernünftig bewegen konnte, scheinbar ohne zu merken, daß diese auch ihre natürliche Anmut verstärkten und die schlanke Figur betonten, die sich allmählich verführerisch rundete. Wenn sie jetzt zusammen mit Aurelie über den Markt oder über die Hängebrücken lief, galten die wohlgefälligen Blicke ebenso oft Kit wie ihrer im landläufigen Sinne hübschen Freundin.

Doch jeder Mann, der mit Kit zu flirten begann, erhielt eine kratzbürstige Abfuhr. Soweit sie das beurteilen konnte, wollten die meisten Männer viel mehr, als sie zurückgaben, und das gefiel Kitiara gar nicht, selbst wenn es sich auf ihre Brüder bezog. Die allerdings waren – den Monden sei Dank – mit ihren acht Jahren bereits ganz gut dazu imstande, für sich selbst zu sorgen. Raistlins Zauberausbildung machte gute Fortschritte und nahm den Großteil seiner Zeit in Anspruch. Wenn Caramon nicht die Schule schwänzte, um mit seinem Schwert zu üben, lief er Gilon hinterher.

Als hätte sie ihn mit ihren Gedanken herbeigehext, blickte Kitiara aus der Vordertür, die Otik an diesem warmen Nachmittag weit geöffnet hatte, und sah ihren Bruder gutgelaunt mit einer Horde Jungen auf den Wegen vor dem Wirtshaus herumrennen. Er und ein anderer Junge begannen einen Scheinkampf mit zwei langen Stöcken. Caramon war offensichtlich stärker und gewandter mit dem Stock, doch er ließ sich lachend von seinem Freund besiegen und warf die Hände hoch, um sich zu ergeben. Kit runzelte die Stirn. Der Junge hatte das zu weiche Herz von Gilon geerbt.

Einen Augenblick später tauchte Caramon im Eingang zum Wirtshaus auf.

»He, Kit, krieg' ich ein Glas Birnensaft oder eine Portion von Otiks feinen Kartoffeln?« fragte er mit einem Grinsen, dem selbst Kit in ihrer augenblicklichen miesen Laune kaum widerstehen konnte.

Doch wie üblich, wenn er versuchte, das Gasthaus zu betreten, sprang Kitiara auf Caramon zu und warf ihn hinaus, bevor Otik überhaupt reagieren konnte.

»Noch mehr Kartoffeln, und du bist so voll, daß du dein Schwert gar nicht mehr hochkriegst. Jetzt aber los, sonst kommst du noch zu spät und verpaßt Raistlin auf seinem Heimweg von Teichgrund.«

Während sie Caramon von der Tür fortscheuchte, sah Kitiara zwei Fremde die Stufen zu Otiks Eingangstür hinaufsteigen. Das war an sich nicht bemerkenswert, doch diese beiden Fremden waren ein so ungleiches Paar, wie Kit es noch nie gesehen hatte. Sie kehrte an ihren Platz zurück und erwartete ihr Eintreten.

Wenige Augenblicke später standen sie in der Tür und sahen sich im Raum um. Einer von ihnen war ein wahrer Riese. Seine Haare hatte er zu einem Dutzend Zöpfe geflochten, die ihm bis auf die Schultern hingen; sein Kopf war gewaltig, doch die winzigen Äuglein lagen tief in fleischigen Augenhöhlen. Sechseinhalb Fuß groß und dreihundert Pfund schwer, schätzte Kitiara. Er trug ein zeltartiges, buntes Gewand, doch ihr Blick ging sofort zu seinen Waffen – ein Krummsäbel, ein Messer und eine kurze, stachelbesetzte Keule –, die alle deutlich sichtbar an dem Gürtel um seinen beträchtlichen Wanst hingen. Auf dem Rücken schleppte er eine große Holzkiste, die er jetzt schwungvoll auf dem Boden absetzte und zur Seite stieß. Er sagte nichts, doch sein Blick wanderte rasch durch den Raum, wobei seine Augen bei Kit kurz, aber ohne Interesse aufleuchteten.

Begleitet wurde er von einem Mann, der noch auffälliger war, denn Kit hätte ihn auf den ersten Blick fast für eine Frau gehalten. Er war groß – allerdings nicht so groß wie der Riese – und schlank, hatte eine Haut wie Alabaster, tiefschwarze Haare und himmelblaue Augen. Er trug eine meerblaue Tunika mit einem schön verzierten Gürtel, der seine schmale Taille umschloß, in dem aber keine Waffen steckten. Das Lederpaket, das er schleppte, warf er müde auf die Kiste. Der ist nicht viel älter als ich, dachte Kitiara, vielleicht zwanzig. Als er zur Theke ging, fiel ihr auf, daß er einen ungewöhnlichen Anhänger mit einem blitzend grünen Stein am Hals hängen hatte. Gleichzeitig mit diesem ungewöhnlichen Schmuckstück fiel Kit zu ihrem Erstaunen ein Duft auf. Er benutzte anscheinend Parfüm oder Öle.

Der Mann hatte eine ausgesprochen würdevolle Haltung, und ihr wurde klar, daß er aus einer hochgestellten Familie stammen mußte. Darüber hinaus strahlte er so viel Vornehmheit und Bildung aus, daß er sich völlig von all den rauhen Kerlen und gewöhnlichen Leuten abhob, die sie gewohnt war. So einen Mann hatte Kit noch nie gesehen. Vor ihrem Gesicht verschwand jedes Restchen schlechter Laune. Ihre Augen waren hellwach und ihr Ausdruck wie gebannt.

»Gibt es noch etwas zu essen?« fragte der Mann, als Otik geschäftig aus der Küche eilte, um sie zu begrüßen.

»Ein spätes Mittag- oder ein frühes Abendessen«, strahlte Otik. »Mir ist es gleich. Setzt Euch, ich werde Euch gern bewirten.«

Da er weit herumgekommen war, war der Wirt vom Äußeren seiner neuen Gäste nicht so überwältigt wie Kitiara. Er schätzte den jungen Mann sehr zutreffend als Edelmann aus Nordergod ein, der von seinem Sklaven begleitet wurde.

»Ich bin Patrick von Gwynned, und das ist mein Diener Stratke«, stellte der Mann sich vor. »Mir wurde überall geraten, ich sollte auf jeden Fall Eure Würzkartoffeln probieren.«

Seine Stimme klang bestimmt, als wäre er es gewohnt, daß man ihm gehorchte. Kit wurde noch neugieriger.

Patricks Bemerkung über seine gewürzten Bratkartoffeln zauberte ein Lächeln auf Otiks Gesicht. »Und Bier dazu?« fragte Otik. »Bier paßt gut –«

»Klares Wasser, bitte«, schnitt Patrick ihm das Wort ab. »Danach vielleicht ein Glas Wein. Ihr habt doch Wein, oder?«

Patrick sagte diesen letzten Satz, derweil er sich in der Gaststube umsah und das Schild über der Theke las, auf dem geschrieben stand: »Gesunde und herzhafte Kost für Freunde und Fremde.«

Otiks Gesicht verfinsterte sich, als der Fremde andeutete, sein Wirtshaus wäre womöglich nicht erste Klasse. »Natürlich haben wir Wein«, sagte er mit einem etwas pikierten Unterton. »Und was hätten die Herren gern zu den Würzkartoffeln?«

»Erst mal nur Kartoffeln«, sagte Patrick freundlich. Er hatte offensichtlich beschlossen, Otiks Kochkünste zunächst zu prüfen, bevor er etwas anderes bestellte.

Etwas beleidigt, aber ohne eine weitere Bemerkung lief Otik nach hinten, um die Bestellung weiterzugeben. Während er das tat, sahen sich die beiden Männer um und wählten einen großen Tisch neben Kitiara.

Sie hatte die beiden gespannt beobachtet, doch jetzt wandte sie die Augen zum Fenster und heuchelte Desinteresse, als sie in ihre Richtung kamen. Dennoch spürte sie, daß der junge Mann ihre Anwesenheit sehr bewußt wahrnahm. Sie, Patrick und der Sklave Stratke waren Otiks einzige Gäste, und in dem normalerweise geräuschvollen Gasthaus herrschte plötzlich ungewöhnliche Stille.

»He, Kitiara! Mir ist langweilig.« Caramon stand wieder auf der Schwelle und rief bettelnd nach seiner Schwester. »Es ist noch zu früh für Raistlin. Können wir nicht zum Beispiel zum Stall runtergehen und die Pferde ansehen?«

»Später«, sagte Kitiara scharf, während sie ihn aus der Tür winkte.

»Du machst aber doch gar nichts«, protestierte der Achtjährige, dessen Augen so flehend blickten, wie es nur ging.

»Später«, sagte Kitiara.

Bei diesem Blick und diesem Tonfall wollte sich Caramon lieber nicht mit Kit anlegen. Schmollend trollte er sich von dannen.

Dabei drehte sich der Fremde mit dem Namen Patrick um und sah Kitiara direkt in die Augen. Ihre Blicke trafen sich. Kit erschauerte, denn in seinen Augen lag eine Glut, die sie seit, ja, seit ihrer Begegnung mit El-Navar nicht mehr gesehen hatte. Verwirrt sah sie zur Seite, ärgerte sich jedoch gleichzeitig darüber. Sie zwang sich, die Augen aufzuschlagen, und stellte fest, daß Patrick sie immer noch ansah. Diesmal hielt Kit seinem festen Blick stand. Schließlich brach er die Spannung, indem er ihr grüßend zunickte.

»Wollt Ihr uns die Ehre erweisen, Euch zu uns zu gesellen?« fragte er. »Mein Diener ist nicht sehr gesprächig, und wir sind schon wochenlang unterwegs.«

»Gut«, sagte Kit, die selbst überrascht war, wie gerne sie sich zu ihnen setzen wollte. Otik, der mit einem Krug Wasser und zwei Kelchen zum Tisch kam, zog erstaunt die Augenbrauen hoch, was ihm einen mörderischen Seitenblick von Kitiara einbrachte.

Als sie an den Tisch trat, stand Patrick auf, verbeugte sich leicht und rückte dann einen Stuhl für sie zurecht. Sein Sklave, der gebieterisch die Arme verschränkt hatte, nahm weder durch ein Wort noch durch eine Geste von ihr Notiz. Aus der Nähe und unter diesen Umständen fand Kit ihn jedoch gar nicht mehr so imponierend.

Otik kehrte in die Küche zurück und kam einen Augenblick später mit zwei Tellern duftender Kartoffeln zurück. Mit offenkundigem Stolz stellte er beide auf den Tisch.

»Eßt Ihr auch etwas?« fragte Patrick Kitiara, die jedoch den Kopf schüttelte, als Otik von der Theke her zu seinen Gästen schaute.

Der junge Edelmann probierte ein paar Bissen von seinem Essen und trank zwischendurch Wasser. Der hünenhafte Sklave zeigte sich weniger vornehm. Geräuschvoll und mit sichtlichem Appetit machte er sich über seinen Teller Kartoffeln her.

»Die sind wirklich gut«, sagte Patrick mit einem entschuldigenden Lächeln zu Kit, als würde er ihr ein großes Geheimnis verraten. »Und Stratke hat eindeutig nichts daran auszusetzen. Ich glaube, ich werde mehr zu essen und zu trinken bestellen. Ich fürchte, ich habe den Wirt durch meine Zurückhaltung schwer gekränkt. Vielleicht besänftigt ihn das. Möchtet Ihr ganz bestimmt nichts?«

»Nein, nein, danke«, sagte Kit, die sich um einen gelassenen Tonfall bemühte. »Und macht Euch keine Sorgen um Otiks Gefühle. Den bringt so leicht nichts auf, höchstens ein Kender, der sich davonmachen will, ohne zu zahlen.«

Während Patrick bei Otik eine Flasche Wein und Rehsuppe für seinen Diener bestellte, verfluchte sich Kitiara, weil sie angesichts des ungezwungenen Charmes des Edelmanns kein Wort herausbrachte.

Eine Zeitlang war das einzige Geräusch am Tisch das Schlürfen und Kauen von Stratke, dessen Blicke zwischen ihnen hin- und hergingen, während er sein Essen genoß.

»Ihr müßt Stratke entschuldigen«, sagte Patrick. »Er hat keine guten Manieren, aber viele wertvolle Fähigkeiten. Seine schlechten Eigenschaften sind schlimmstenfalls komisch.«

Bevor er weitersprach, nahm Patrick einen Schluck Wein. »Er kann nicht sprechen, der Arme. Mein Vater hat ihm wegen irgendeines Vergehens die Zunge herausschneiden lassen – den genauen Grund habe ich vergessen. Dann bekam ich ihn als Diener. Er ist sehr treu, ein guter Kämpfer und ein zäher Reisegefährte. Obwohl er nicht reden kann, verstehen wir uns bestens. Ich erzähle Witze, und er lacht darüber.«

Kitiara sah Stratke skeptisch an, doch der Koloß hatte offenbar jedes Wort von Patrick gehört und verstanden, denn er nickte enthusiastisch, während sich ein breites Lächeln über sein Gesicht zog. Das veränderte sein Aussehen völlig, und einen Augenblick lang, bis das Lächeln wieder verschwand, sah er fast aus wie ein zutraulicher Bär.

Auch Patrick lächelte und sah Kitiara dabei offen an. »Ihr kennt unsere Namen. Wie heißt Ihr?«

»Kitiara Uth Matar, Tochter von Gregor Uth Matar.« Kitiara sagte den Namen mit Stolz, obwohl ihr das Blut in den Kopf stieg. Dann lächelte sie verschmitzt wie nie.

»Weit und breit erzählt man von Otiks Kartoffeln und seinem Bier, auch wenn ich Bier nicht mag«, sagte Patrick, der ihr tief in die Augen sah. »Aber niemand hat mir gesagt, wie schön die jungen Mädchen von Solace sind.«

Kitiara hielt den Atem an und wurde noch röter. Noch nie war sie sich der Schmutzflecken auf ihrem Gesicht und ihren Händen so bewußt gewesen. Von den Männern, die Otiks Haus besuchten, hatte Kitiara solche Worte schon oft gehört, aber dann waren sie rauh und halb im Scherz gesagt worden, und sie hatte sie nicht ernst genommen. Sie zermarterte sich den Kopf nach einer Antwort, doch ihr fiel einfach nichts ein.

Vielleicht weil er ihre Verlegenheit spürte, senkte Patrick den Blick und wechselte das Thema.

»Wir sind seit neun Wochen unterwegs. Ich gehe jedes Jahr so auf Wanderschaft. Dieses Jahr hat die Reise länger gedauert, als ich dachte. Jetzt sind wir auf dem Weg zur Küste, wo ein Schiff wartet, das uns nach Hause bringen soll. Gwynned liegt an der Westküste der Insel Nordergod.«

Kit wußte natürlich, wo Nordergod war, doch bei Gwynned war sie sich weniger sicher – bestimmt eine Seereise von mindestens einem Monat. »Was sucht Ihr auf Euren Reisen?« fragte Kit eifrig. »Abenteuer?«

»Nein, nein«, meinte der junge Mann rasch. »Manchmal gibt es zwar ein Abenteuer, aber darauf bin ich gar nicht aus. Mir geht es um ...« Zum ersten Mal sah Kit ihn nach den richtigen Worten suchen. »Um Bildung, um Frieden, um ...« Wieder zögerte er. »Um Flucht.«

Kitiara überlegte, wovor dieser feine junge Mann wohl fliehen mußte, und wie es wäre, nach Lust und Laune herumzureisen, ohne sich um die Kosten zu scheren.

»Oh, aber Ihr seid auf Abenteuer aus. Das sehe ich«, fuhr Patrick fort, während er mit dem blaßgrünen Anhänger an seinem Hals herumspielte. »Ich habe ja nichts dagegen, aber wozu suchen die Leute das Abenteuer? Gewöhnlich wegen Reichtümern oder Macht. Wo ich herkomme, herrscht mein Vater über riesige Ländereien. Ich bin sein Erbe. Zu gegebener Zeit werde ich Reichtum und Macht besitzen. Damit habe ich es nicht eilig, und in der Zwischenzeit habe ich keinen Bedarf an Abenteuern.«

Bei dieser letzten Bemerkung setzte er sich gerade hin und schob sein Kinn nach vorn, als wollte er Kit trotzen, weil sie anders dachte. Als wenn jemand in seinem Leben ihn dafür tadelte, dachte sie bei sich.

Weil in ihren Augen kein Widerspruch zu lesen war, sah Patrick plötzlich nachdenklich auf seinen Teller.

Während seiner kurzen Redseligkeit war Kits Blick an dem grünen Stein hängengeblieben, der in zartes Silberfiligran eingefaßt war und sich unablässig an seiner Kette drehte. Sie wußte nicht, wie der Stein hieß, doch er war wunderschön. Bestimmt sehr kostbar, dachte sie.

»Ihr bewundert meinen Chrysopras«, sagte Patrick und verriet ihr damit den Namen.

»Er ist sehr schön«, gab Kitiara zu.

»Daß er Euch gefällt, beweist Euren guten Geschmack. Er hat meiner Mutter gehört und davor deren Mutter.«

Einen Augenblick spielte Patrick wieder nachdenklich mit seiner Halskette. Als er sie losließ, blickte er neu belebt auf. Er grinste Kit an, und sie grinste zurück.

»Unsere Reise war dieses Jahr anstrengend, deshalb möchte ich mich vor der letzten Etappe meines Heimwegs ausruhen. Solace scheint ein gastfreundlicher Ort zu sein. Falls wir hierbleiben, könnte ich dann darauf zählen, daß Ihr mir die Sehenswürdigkeiten hier zeigt?«

Stratke grunzte, schob seinen Teller zur Seite und kniff die Augen mit den schweren Lidern wachsam zusammen.

»Stratke findet die Idee auch gut«, sagte Patrick.

Kitiara mußte grinsen. »Woher wißt Ihr, was er sagt?« neckte sie ihn.

»Ich habe doch gesagt, wir verstehen uns«, erklärte Patrick keck. »Das geht mir immer so mit Menschen, die ein starkes Herz haben.« Impulsiv griff er nach Kitiaras Hand.

»Werdet Ihr uns führen?«

Kitiara errötete wieder. In seinem warmen, feuchten Griff kitzelte ihre Hand. Dann zog sie sie zurück und stand vom Tisch auf.

»Wenn Ihr Euch in diesem Flohzirkus einquartieren wollt, bitte sehr.« Dabei warf sie einen Seitenblick auf Otik, der prompt zu protestieren begann und ihr mit dem Finger drohte.

Kitiara konnte sich kaum das Lachen verkneifen, während sie fortfuhr. »Und ich weiß nicht, was für Sehenswürdigkeiten Ihr in Solace erwartet«, sagte sie kopfschüttelnd mit gespieltem Ernst zu Patrick. »Aber ich werde Euch führen«, schloß sie sanft.

Ihr gegenüber nickte Stratke strahlend.

Kitiara schob ihren Stuhl zurück und ging zur Tür. Ihr war bewußt, daß Patrick ihr nachstarrte.

»Wann?« rief er ihr nach.

»Nicht zu früh«, gab sie über die Schulter zurück.

Auf dem ganzen Heimweg dachte Kitiara an den jungen Adligen in seiner meerblauen Tunika. Er war ein Mann, der offenbar ein leichtes, privilegiertes Leben geführt hatte – die Art von Mann, die sie normalerweise verabscheute. Womöglich konnte er nicht einmal mit einem Schwert umgehen?

Aber etwas an ihm hatte sie berührt. Seine Intensität? Seine Verletzlichkeit? Daß sie ihm offensichtlich gefiel? Sie war sich nicht sicher. Kitiara wußte nur, daß sie sich darauf freute, ihn morgen früh wiederzusehen.

So legte sie den ganzen Rückweg zur Hütte grübelnd zurück. Als sie die Tür aufmachte, erwartete sie mehr als das übliche Chaos.

Es roch nach angebranntem Essen. Rosamund heulte im Nebenraum, aber Kit hörte auch, daß ihre Tante begütigend auf sie einredete. Die unverheiratete Schwester ihrer Mutter, ein nervöses Huhn von Frau namens Quivera, lebte derzeit bei ihnen, um sich um Rosamund zu kümmern, die im Moment dauernd halluzinierte. Die Bürde ihrer Mutter wurde Kit so etwas abgenommen, doch Quivera kümmerte sich kaum um das, was sonst im Haushalt noch vonnöten war.

Caramon stand am Herd und hielt ein Blech mit etwas bis zur Unkenntlichkeit Verbranntem.

»Kitiara, ich habe die Kekse verbrennen lassen«, klagte Caramon. »Was sollen wir denn jetzt essen?«

Seufzend machte Kitiara die Tür hinter sich zu.

Es gab nicht viel zu sehen in Solace, doch die Tage mit Patrick und Stratke boten Kitiara eine angenehme Abwechslung. Nachdem sie die wenigen Sehenswürdigkeiten abgeklappert hatten, trafen sie sich morgens einfach so und wanderten ziellos und immer gut gelaunt drauflos.

Sie begleitete die beiden Besucher über die hohen Gehwege, um den Marktplatz, zum Ufer des Krystallmirsees und ritt sogar mit ihnen nach Teichgrund, wo sie ihnen die ausgefallene Schule in dem Hügel zeigte und ein bißchen mit ihren Brüdern prahlte: Raistlin, dem frühreifen Zauberer, und Caramon, dem vielversprechenden Krieger.

Patrick erwies sich als guter Zuhörer, dessen höfische Manieren im Laufe der Woche einem vertraulicheren Umgangston wichen. Hin und wieder streckte er die Hand aus und berührte ihre Wange oder strich durch ihre Locken und murmelte leise: »Kitiara Uth Matar.«

Kit merkte, wie sie sich nach diesen Berührungen sehnte und unter seiner Hand ganz still hielt, doch Patrick wendete sich dann stets ab, als würde ihn seine Geste verlegen machen. Schließlich stellte sich nach kurzem, lastendem Schweigen die zwanglose Kameradschaft wieder ein, wobei der stets einlenkende Stratke die Situation rettete. Er erwies sich als sanfter Riese, und Kit stellte schnell fest, daß er ebenso viel lächelte und lachte, wie er grunzte und stöhnte. Stratke schien alles komisch zu finden, besonders die Worte seines Herrn.

Patrick und Kitiara waren vorsichtig mit den Fragen, die sie einander stellten. Kit enthüllte nur einen kleinen Teil ihrer Vergangenheit. In Solace wußte jeder, daß es Rosamund niemals bessergehen würde und daß Kitiara die Tochter dieser armen Verrückten war und vielleicht selbst einen Hauch Irrsinn in sich trug. Doch Patrick konnte das nicht wissen, und es kümmerte ihn auch nicht. In seiner Gegenwart redete sie lieber über ihren Vater. Sie erklärte ihm, sie wäre die Tochter von Gregor Uth Matar, einem meisterhaften Krieger, der aus einer stolzen, wenn auch weit entfernten Familie stammte.

Von Patrick hörte sie etwas über dessen herrischen Vater, eine Mutter, die er vergötterte, und einen Haufen Verantwortung und Macht, die auf ihn warteten, für die er aber noch nicht recht bereit war.

Am Vorabend der geplanten Abreise von Patrick und Stratke aus Solace wollten die drei ein Mondscheinpicknick am Ufer des Krystallmirsees veranstalten.

Die Nacht war wolkenlos. Beide Monde standen hell am Himmel und tauchten die ganze Welt in Licht und Schatten. Auf einem Hügel am Wasser holten die drei ihr Essen heraus – kaltes Fleisch, Wein, Brot und frisches Obst, das Otik ihnen eingepackt hatte.

Nach dem Essen hatten Kit und Stratke eine Vorstellung angesetzt. Sie griff in ihre Tasche und zog ein eingepacktes Schwert heraus, die wunderbare Waffe aus dem lang zurückliegenden Hinterhalt für Beck Gwatmey, die sie in den letzten zwei Jahren versteckt hatte. Als sie das Schwert auswickelte und vor sich hielt, glänzten Patricks Augen vor Überraschung und Freude über seine Schönheit.

»Das ist herrlich«, rief er aus. »Was hast du damit vor?«

»Nun, zuerst muß ich den Diener schlagen«, neckte Kit. Der große Mann mit den langen Zöpfen hielt sein Schwert mit gespielter Wildheit. Kaum hatte sie diese Worte ausgesprochen, stürzten sich Kitiara und Stratke in einen Schaukampf, an dessen Ende Stratke nach viel Gegrunze und Gestöhne Kit zuzwinkerte und zu Boden sank, wobei er sich ans Herz griff.

»Jetzt muß sich der Herr verteidigen«, sagte Kitiara und zeigte mit dem Schwert auf Patrick, so daß es im Mondschein glitzerte.

»Ich doch nicht«, wehrte sich Patrick lachend. »Wie du siehst, trage ich keine Waffen. Das ist Stratkes Aufgabe, auch wenn der Hund versagt hat.«

Stratke, der sich aufgesetzt hatte und auf seine Art eigentümlich gurgelnd lachte, warf Patrick eine von seinen Waffen zu.

Kitiara stellte fest, daß der junge Edelmann das Schwert sehr geschickt auffing. Schwungvoll salutierte sie vor ihm. Patrick zögerte, antwortete dann jedoch genauso. Bald waren sie in die Finten und Tricks des Schwertkampfes vertieft. Patrick runzelte vor Konzentration die Stirn, führte sein Schwert allerdings sehr gut. Kitiara aber war wendiger und eindeutig erfahrener. Nach ein paar Minuten wich sie zurück und erhob lachend beide Hände. »Ich ergebe mich«, sagte sie, während sie ihren Kopf zum Zeichen ihres Besiegtseins neigte. Sie merkte, daß Patrick näher kam, und als sie aufsah, lag sein Blick wie gebannt auf ihr. Aus einem Impuls heraus stellte sie sich auf die Zehenspitzen und küßte ihn mitten auf den Mund. Diesmal entzog er sich ihr nicht.

Stratke zog sich diplomatisch zum Fuß der Böschung zurück, wo er bald einschlief, doch Patrick und Kitiara saßen noch bis lange nach Mitternacht engumschlungen da, starrten auf den See hinaus und hatten sich viel zu erzählen.

Als der Morgen dämmerte, zog Patrick seine Arme zurück und nahm den Anhänger von seinem Hals, um ihn ihr hinzuhalten.

»Er gehört dir.«

Kit wich zurück, denn sie wußte nicht, was das zu bedeuten hatte. »Nein.«

»Ich würde dich belügen, wenn ich behaupten würde, er wäre wertlos«, sagte Patrick, »aber sein Wert liegt vor allem in den Erinnerungen.«

»Ein Grund mehr, weshalb ich ihn nicht annehmen kann«, sagte Kitiara.

»Ein Grund mehr, warum du es tun solltest«, erklärte Patrick fest. Er legte ihr das Amulett um den Hals.

Kitiara machte den Mund auf, um erneut zu widersprechen, doch Patrick wollte nichts davon hören. »Wir machen einen Tausch«, sagte er leise. »Etwas von dir gegen etwas von mir.«

»Aber ich habe nichts«, fing Kit an, zögerte dann jedoch. Ihre Augen fielen auf Becks Schwert. Es war das einzig wirklich Wertvolle, was sie besaß.

»Nimm das«, beschloß sie spontan, obwohl es wirklich ihr kostbarster Besitz war.

»Das ist zu schön, und wie du gesehen hast – trotz deiner großzügigen ›Niederlage‹ –, habe ich für ein Schwert wenig Verwendung.«

»Ich finde, es ist ein fairer Tausch«, sagte Kit entschlossen. »Stratke findet das auch«, fügte sie hinzu und zeigte zum Fuß des Hügels, wo der Diener zufrieden vor sich hin schnarchte.

Patrick mußte lachen. Er nahm ihre Hände in die seinen und sah ihr in die Augen. »Kitiara Uth Matar«, murmelte er träumerisch, »ich möchte, daß du mit Stratke und mir nach Gwynned kommst.«

Ohne lange nachzudenken, sagte Kitiara auf der Stelle ja.

»Ich lauf' gleich los und packe meine Sachen«, versprach ihm Kit, »und schleiche mich davon.«

Bei diesen Worten runzelte Patrick die Stirn. »Was ist mit deinen Eltern?« fragte er ehrlich besorgt.

»Ich hab' dir doch gesagt, er ist mein Stiefvater, nicht mein Vater, und meine Mutter ist viel zu krank, als daß sie begreifen würde, was draußen passiert. Die halbe Zeit weiß sie nicht einmal, ob es mich gibt oder nicht.«

Er legte ihr die Hände auf die Schultern. »Ich will nicht, daß du fortläufst, ohne ihnen Bescheid zu sagen«, beharrte er. »Ich will, daß du sie um Erlaubnis bittest, mit mir fortzugehen ...«

Ihre Augen verrieten, daß sie nichts begriff.

»Und mich zu heiraten.«

Kitiara riß vor Staunen weit die Augen auf, Staunen und noch etwas anderes. Sie konnte einen Schauer des Abscheus nicht unterdrücken. Mit Patrick und Stratke unterwegs zu sein, würde Spaß und Abenteuer bedeuten, aber das letzte, was sie jemals wollte, war heiraten, selbst wenn sie sich so zu jemandem hingezogen fühlte wie zu Patrick. Bilder von Rosamund, von Aurelies Mutter, von Frauen, die nur noch im Haus lebten und deren Leben völlig von Männern abhängig war, überschwemmten sie.

»Kitiara«, meinte Patrick rasch. »Ich will gar nicht, daß du jetzt ja oder nein sagst, und ich verspreche dir, daß ich dich nie unter Druck setzen werde. Es ist eine lange Reise nach Nordergod, mindestens vier Wochen. Da hast du reichlich Zeit, über mein Angebot nachzudenken. Nimm dir diese Zeit und mehr, wenn du willst.«

»Aber«, fing Kitiara an, die nach den richtigen Worten suchte, »ich weiß nicht, ob ich überhaupt jemals heiraten will. Am allerwenigsten jetzt. Es gibt noch so viel ...«

Kit sah den schönen jungen Mann an, der neben ihr saß, und war verwirrt. Niemand hatte sie je mit solcher Rücksicht und Höflichkeit behandelt wie er. Niemand hatte in ihr je solche Gefühle geweckt wie er, jetzt, wo er ihr tief und verständnisvoll in die Augen sah.

»Mach dir jetzt keine Gedanken darüber«, tröstete Patrick hastig. »Wir haben uns schließlich gerade erst kennengelernt, aber wir werden noch viel voneinander erfahren. Wenn du mit in mein Land kommst, wird man dich wie eine Königin behandeln. Du bekommst alles, was du willst. Du wirst Essen und Kleider bekommen und Sklaven, die deine Befehle ausführen. Das gefällt dir vielleicht.«

Doch, dachte Kitiara bei sich, das könnte ihr gefallen. »Wieso ich?« fragte sie.

Stratke war aufgestanden und gab grunzende Laute von sich, während er sich streckte und den Hügel hinaufblickte. Über dem Horizont war die Sonne aufgegangen, die alles in Rosa und Orange tauchte.

Patrick seufzte tief. »Weil«, sagte er sehnsüchtig, »weil ich glaube, ich liebe dich.«

Kitiara fiel auf, daß Stratkes Geräusche aufgehört hatten. Er beobachtete sie genau. Bis sie ihren Mund aufmachte, wußte sie noch nicht, wie ihre Antwort ausfallen würde. »Na gut«, sagte sie, ohne genau zu wissen, was sie damit meinte.

Kitiara war etwas irritiert, weil ausgerechnet Gilon von allen am traurigsten darüber wirkte, daß sie vielleicht für immer fortging (auch wenn sie das »für immer« herunterspielte). So laut, daß Patrick und Stratke es mitbekamen, riet sie Gilon, ihr noch mindestens so lange den Dachboden freizuhalten, bis er hörte, daß sie sich in Nordergod gut eingelebt hatte.

»Ich hoffe, du wirst glücklich werden, Kit«, sagte Gilon, als sie ein paar Sachen zusammenpackte, um aufzubrechen. »Aber wenn nicht, dann hoffe ich, daß du zurückkommst, denn wir werden dich vermissen.«

Caramon und Raistlin war davon nichts anzumerken. So früh am Morgen lag Caramon noch verschlafen in seinem Bett, ein einziges Knäuel mit seiner Bettdecke. »Tschüß«, murmelte er, bevor er sich herumrollte.

Raistlin war natürlich schon auf und in ein dickes, zerlesenes Buch vertieft. Er saß auf einem Hocker in der hinteren Ecke des großen Zimmers. Als Kit ihm zum Abschied einen flüchtigen Kuß auf die Wange drückte, sah er hoch und schaute zuerst sie, dann Patrick und Stratke an, die respektvoll an der Tür warteten. Dann war er wieder bei Kit.

»Du kommst zurück«, sagte er und senkte seine Augen wieder auf das Buch.

Na ja, dachte sie, er und Caramon sind bloß Kinder. Was habe ich erwartet, eine Abschiedsrede?

»Du mußt dich von deiner Mutter verabschieden.« Gilon bestand darauf.

Kitiara wand sich. »Sie wird nicht einmal verstehen, was ich sage.«

Gilon zuckte mit seinen großen Schultern und ging hinaus, um dort zu warten. Patrick und Stratke winkte er mit sich. Patrick warf Kitiara noch einen erwartungsvollen Blick zu, als er hinter sich die Tür zumachte.

Rosamund schlief nicht. Sie lag halb ansprechbar auf ihrem zerwühlten Bett und starrte die Decke an. Quivera, die jetzt einkaufen war, hatte ihr anscheinend die Haare gebürstet, so daß sie wie ein weißer Heiligenschein auf dem Kissen um ihren Kopf lagen. Leise atmete Rosamund durch ihre geöffneten Lippen, die rosa und geschwollen wie Blütenblätter aussahen.

Kit schaute ihre Mutter kalt an und redete dann so leise wie möglich mit ihr. Auf Gilons Drängen hin hatte sie einen Brief geschrieben, falls doch einmal eine Zeit kommen würde, in der Rosamund wieder bei klarem Verstand war. Den rollte Kit jetzt zusammen und band ihn mit einem von Rosamunds Haarbändern zu. Dann legte sie ihn neben ihre Mutter.

Liebe Mutter,

ich habe einen jungen Edelmann kennengelernt, der mich heiraten will. Wir gehen nach Nordergod, nach Gwynned, wo seine Familie herrscht. Ich werde reich sein und werde dir und Gilon und den Zwillingen Geld schicken können.

Viele Grüße, Kit.

Kit wußte, daß das eine armselige Botschaft war, doch mehr konnte sie für diese Frau nicht erübrigen, die ihren Vater hinausgeekelt hatte und wegen deren Schwäche die Hütte für Kitiara zu einem Gefängnis geworden war.

Als Kit noch eine Minute am Bett stand, glaubte sie, in den grauen Augen ihrer Mutter ein blasses Licht flackern zu sehen. Sonst jedoch nichts.

Als Kitiara sich dann zum Gehen umdrehte, streckte Rosamund plötzlich die Hand aus und umklammerte Kits Handgelenk mit überraschend festem Griff. Sie bewegte die Lippen, doch es kamen keine Worte heraus. Ihre Augen standen offen, sahen jedoch ins Leere. Nach ein paar Minuten löste Kitiara die Finger ihrer Mutter und legte deren Hand sanft wieder aufs Bett.

Draußen warteten Patrick und Stratke bei den Pferden. Gilon hatte Cinnamon für Kitiara gesattelt. Daneben stand geduldig ein Packesel, der Patricks große Kiste auf dem Rücken hatte. Stratke, der seine Waffen zur Schau trug, marschierte wichtigtuerisch herum, zurrte hier noch etwas fest und packte da noch etwas um. Sein Publikum bestand hauptsächlich aus Caramon, der doch noch aufgewacht war und jetzt andächtig diesen Berg von Mann anstarrte.

Feierlich schüttelte Patrick erst Gilon, dann Caramon die Hand, bevor er aufstieg. Kitiara nickte ihrem Stiefvater zu und fuhr Caramon durchs Haar, bevor sie Cinnamon bestieg. Als sie sich umdrehte, sah sie Caramon heftig winken. Die Sonne glitzerte auf seinen goldenen Haaren. Hinter ihm stand Raistlin unbewegt wie eine Statue in der Tür.

Kitiara hatte noch eines vor, ehe sie ging. Sie bat Patrick und Stratke, am Marktplatz zu warten, während sie Cinnamon zu Aurelie trieb. Ihre Freundin weinte, als sie die Neuigkeit hörte, faßte sich jedoch schnell wieder.

»Ein Edelmann! Wenn ich das meiner Mutter erzähle! Ich habe ihr immer gesagt, daß sie dich unterschätzt«, neckte Aurelie. »Sieht er gut aus?«

Kitiara merkte, wie sie rot wurde, als sie bejahend nickte.

»Ich habe das Gefühl, das wäre eine Art von Abenteuer, das sogar dir gefallen würde«, zog sie ihrerseits die Freundin auf. Die beiden jungen Frauen umarmten sich. »Du kannst mir zu den Alwits von Gwynned schreiben«, rief Kit ihr noch zu, als sie zu ihrem Pferd hinunterstieg.

Am späten Vormittag befanden sie sich auf einer der Straßen, die von Solace aus durch flaches Ackerland nach Norden führten. Sie mußten zuerst nach Norden und dann etwas nach Osten, um die Gipfel des Kharolisgebirges zu umgehen und die Bucht zu erreichen, wo Patricks Schiff wartete.

Zuerst war Kit etwas schwindelig angesichts der sich überschlagenden Ereignisse, doch am späten Nachmittag hatte sie sich an das Reisen gewöhnt und fand immer mehr Spaß daran. Die drei waren gute Gefährten. Und darüber hinaus war sie endlich Solace und seinem nervtötenden Trott entkommen. Und sie ritten nach Norden – die Richtung, die ihr Vater zuletzt eingeschlagen haben sollte.

Nachdem sie durch Getreidefelder gezogen waren, erreichten sie sanft gewellte grüne Hügel, dann steileres Gelände, als sie auf ihrem Weg zur Küste die hinteren Ausläufer der Kharolisberge passierten. Hier gab es kaum Ortschaften und den wenigen wich Patrick aus, weil er sagte, er hätte genug vom Reisen und wollte unbedingt nach Hause. Von anderen Weggenossen hörten sie von einem zweiköpfigen Troll, der die Gegend in Schrecken versetzte, doch sie sahen nichts von dieser Bestie.

Ein bis zwei Stunden bevor sie ihr Nachtlager aufschlugen, überließ Stratke Patrick und Kit jeden Tag sich selbst, um dann mit einem Hasen oder anderem Wild zurückzukehren, das er zum Abendessen zubereitete. Er war ein erstaunlich guter Koch. Nach dem Essen saßen sie und Patrick normalerweise Arm und Arm da und unterhielten sich, wobei ihnen Stratke als aufmerksamer Zuhörer willkommen war.

Unter dem sternenübersäten Himmel fragte sich Kitiara oft,

ob sich der leidenschaftliche Kuß, den sie und Patrick an jenem Abend am Krystallmirsee ausgetauscht hatten, wiederholen würde, doch seltsamerweise kam es nicht dazu. Stratke entfernte sich nie weit von ihnen. Und wie ihr Vater konnte Patrick sie mit seinen Geschichten in den Schlaf lullen. Mehr als einmal wachte sie morgens auf, ohne sich erinnern zu können, wie sie eingeschlafen war.

Fünf Tage nach ihrem Aufbruch aus Solace näherten sie sich der Bucht, wo Patricks Schaluppe wartete. Von einem hohen Felsen erhaschten sie einen ersten Blick auf die Straße von Schallmeer. Kitiara hatte noch nie so viel Wasser gesehen – blau mit weißen Schaumkronen und so weit die Augen sehen konnten.

Sie folgten der Küste einen weiteren Tag lang nach Westen, ehe sie den Rand der Bucht erreichten, wo sie das Schiff, die »Silberhecht«, vor der Küste vor Anker liegen sahen. Die Segel an den drei Masten waren eingerollt. Stratke zog eine große Messingpfeife aus einer der Taschen und blies darauf einen langen, hohen Ton, um ihr Kommen anzukündigen. Bunte Flaggen, die auf dem Vorderdeck geschwenkt wurden, zeigten, daß man sie bemerkt hatte.

Als sie sich dem Schiff näherten, riefen die Seeleute, die sich über die Reling beugten, ein kräftiges Hoch auf Patrick aus. Er ist jedenfalls ein beliebter Herr, befand Kitiara. Ihr fiel auf, daß viele Männer auch Stratkes Namen riefen. Bewegungen unter Deck an den Seiten des Schiffs erregten ihre Aufmerksamkeit. Auch Minotauren, die ihre gehörnten Köpfe durch einige der Luken zur Küste hin streckten, beobachteten die Ankunft der Reisenden. Diese halb tierischen Sklaven würden sich bei Flaute in die Ruder legen. Schon hatten ein paar Leute ein Beiboot heruntergelassen, um an Land zu rudern und Patrick und die anderen abzuholen. Kit bemerkte eine Barkasse am Strand, mit der man die Pferde zum Schiff bringen würde.

Als sie schließlich an Bord kletterten, fiel Kit auch eine

Gruppe elegant gekleideter Männer und Frauen auf, die auf einer Seite des Decks saßen. Es waren die einzigen, die die Neuankömmlinge nicht begrüßten, obwohl ihre Mienen andeuteten, daß sie über die bevorstehende Abfahrt erleichtert waren.

»Wir nehmen ein paar Passagiere mit«, erklärte Patrick Kitiara. »Das senkt die Kosten und stärkt die guten Beziehungen zwischen dem Land meines Vaters und den umliegenden Ländereien.«

In diesem Augenblick kam ein Mann auf sie zu, der sich geschickt dem Schwanken des Schiffs anpaßte. Er trug mit Litzen verzierte Lederkleidung und eine engsitzende, gestreifte Kappe. Sein Gesicht war von einer ausgeprägten Hakennase und einem fröhlichen Grinsen gezeichnet. Der sieht aus wie einer, auf den man im Kampf zählen kann, dachte Kit, doch sie registrierte auch, daß er keine Waffen trug. Statt dessen hingen ein Kompaß und ein Sehglas an seinem Gürtel. Es war offenbar der Kapitän der »Silberhecht«.

»Seid gegrüßt, Patrick und Stratke«, strahlte er, während er ihnen abwechselnd kräftig die Hand schüttelte. Dann erst hatte er Augen für Kitiara. »Und wer ist diese hübsche junge Dame?«

»Kitiara Uth Matar«, erklärte sie und trat vor, um ihm die Hand zu reichen.

»Meine Verlobte«, ergänzte Patrick sofort, ohne das Stirnrunzeln zu beachten, das Kit ihm zuwarf.

Anstatt ihr die Hand zu schütteln, beugte sich der Kapitän tief über ihr Handgelenk und küßte es.

Ein Ausdruck des Befremdens malte sich auf Kits Gesicht. Die Manieren des Kapitäns waren so gut wie die seines Herrn, obwohl Kitiara den Eindruck hatte, daß sich hinter dem samtenen Äußeren ein stahlharter Kerl verbarg.

»La Cava«, sagte er selbstbewußt, als er sich aufrichtete. »Zu Euren Diensten, Madame.« Seine Augen verrieten, daß ihm jetzt, etwas verspätet etwas einfiel. »Uth Matar?« fragte er.

Kitiara nickte eifrig. »Vielleicht habt Ihr von meinem Vater gehört«, meinte sie rasch. »Gregor Uth Matar. Er ist weit und breit bekannt …«

»Als?« fragte La Cava, der ihre Hand losließ, ihr aber weiter ins Gesicht sah.

»Als?« wiederholte Kitiara verwirrt.

»Nun, bekannt als was?« fragte La Cava ganz selbstverständlich.

»Oh«, sagte Kit betreten. »Als großer Glücksritter. Ein unvergleichbarer Kämpfer. Ein rechtschaffender und ehrenhafter Mann.«

»Ja, natürlich«, sagte La Cava. Er überlegte noch einen Moment, bevor sein Gesicht zu einer höflichen Maske wurde. »Nein«, erklärte er, »ich habe noch nicht von ihm gehört.«

Patrick zog La Cava beiseite und flüsterte ihm etwas ins Ohr. Der Kapitän nickte und rief: »Lurie!«

Ein großer, knochiger Mann mit vernarbter Haut kam eilig zum Kapitän gelaufen. Sein Gesichtsausdruck war unterwürfig. Er war nur mit einer kurzen Lederhose bekleidet und gehörte offenbar zu den Maats.

»Lurie«, befahl Patrick, »führ meine Verlobte in meine Privatkajüte, und bring mich und Stratke gleich im Raum gegenüber unter. Hol die Truhe meiner Mutter heraus, und sorg dafür, daß Kitiara alles hat, was sie braucht – Öle, Parfüms und die besten Kleider.«

Beim Zuhören senkte Lurie wie ein Vogel den Kopf und warf scharfe, neugierige Blicke in ihre Richtung. Als Patrick fertig war, streckte Lurie seinen mageren Arm nach Kit aus. »Folgt mir, meine Süße.«

Kitiara wollte Einwände erheben – sie brauchte wirklich nicht verwöhnt zu werden –, doch Patrick berührte sanft ihren

Arm und sagte: »Geh jetzt. Ich komme dann zum Abendessen zu dir.«

Kit zuckte grinsend mit den Schultern. Sie wußte, daß mehrere Dutzend Augenpaare ihr hinterhersahen, während sie von Lurie nach unten geleitet wurde. Da kam sie sich wirklich schon wie eine Königin vor.

Ihre Kabine lag an dem Gang unterm Deck. Durch die großen Bullaugen sah man das Meer. Ein bequem aussehendes Bett, eine Kommode und ein kleiner Schreibtisch waren an der Wand der Kabine festgemacht. Lurie beobachtete Kit nervös, während sie herumlief und verschiedene Gegenstände berührte. Es war, als müßte sie sich vergewissern, daß sie echt waren, daß das hier kein Traum war. Als sie sich schließlich umdrehte, um den Maat zu entlassen, hob dieser vielsagend die Hand, bückte sich und zog eine Truhe unter dem Bett hervor.

Lurie ließ das Schloß aufschnappen, und Kit konnte sehen, daß die Truhe sorgfältig mit aller Art feiner Kleidung vollgepackt worden war. Lurie schien genau zu wissen, was er wollte. Er griff hinein und zog ein gelbes Seidenkleid mit tiefem Ausschnitt und langen, bauschigen Ärmeln heraus.

»Sehr hübsch«, sagte er grinsend mit einem Augenzwinkern. »Hübsches Kleid für süßes Mädchen.«

Kit riß ihm das Kleid aus der Hand, konnte jedoch ein Lächeln nicht unterdrücken. Irgendwie war alles etwas lächerlich, besonders Lurie mit seinem gekrümmten Hals und dem Vogelgetue. So ein Kleid hatte sie noch nie gesehen, geschweige denn getragen. Doch als sie es in den Händen hielt und den weichen Stoff fühlte, schwelgte Kit in diesem Luxus.

»Probiert es an«, meinte Lurie.

Kit hielt es sich an und stellte fest, daß es passen würde, als wäre es für sie gemacht. Lurie, der neugierig zuschaute, lächelte ihr ermutigend zu. Er machte die Tür eines eingebauten Wandschranks auf und zeigte ihr einen großen Spiegel.

Langsam näherte sie sich dem Spiegel. Die Person dort schien nicht mehr sie selbst zu sein, sondern eine Prinzessin. Im Spiegel konnte sie sehen, wie Lurie rückwärts den Raum verließ und noch einen letzten Blick auf die Verlobte seines Herrn warf.

»Hißt die Segel!«

Als die Segel im Wind knatterten, setzte sich die Schaluppe in Gang.

Kapitel 3

Die »Silberhecht«

Die Nachmittagshitze brachte das Deck zum Glühen und wurde nur gelegentlich durch eine leichte Brise gemildert. Lurie und Stratke hatten sich mittschiffs aufgestellt, wo sie abwechselnd Messer auf eine Puppe warfen, die an einen Mast gebunden war.

»Daneben, daneben, mein Lieber«, sagte Lurie. Er schnalzte mit der Zunge und schüttelte den Kopf, als er zu der Puppe hinstapfte. Sobald sein Rücken Stratke die Sicht nahm, zog Lurie das Messer heimlich aus der Mitte ihrer Zielscheibe und setzte es einen Fingerbreit daneben.

Sein hünenhafter Gegner stürmte zum Mast. Stratke warf

Lurie einen mißtrauischen Blick zu, grunzte dann und zog sein Messer mit einem solchen Ruck heraus, daß die Puppe sich löste und kopfüber an einem Strick baumelte. Dann legte er seinen Arm, der so dick war wie der Ast eines Vallenholzbaums, um Luries Leib und hielt ihn am Mast hoch, um anzudeuten, daß der Maat die neue Zielscheibe abgeben sollte.

»Nein, nein, nein. Nicht bei deiner Treffsicherheit. Kapitän La Cava braucht mich. Lurie verletzt, ganzes Schiff verletzt, besonders Kapitän«, erklärte Lurie ungehalten.

Er konnte es sich leisten aufzuschneiden. La Cava machte unten ein Nickerchen. Der Kapitän übernahm gern nachts das Ruder, wenn alles schlief und er unter dem sternenübersäten Himmel allein war. Nachmittags holte er seinen Schlaf nach.

Auch Patrick war unten. Er hatte sich in seine Kabine zurückgezogen, um in sein Reisetagebuch zu schreiben, und hatte Stratke fortgeschickt, der sonst bei seinem Herrn geblieben wäre.

Alle anderen Passagiere waren nach dem Mittagessen vor der Sonne in ihre Kabinen geflüchtet. Selbst der Großteil der Besatzung hatte sich verkrochen. Nur zwei oder drei Seeleute waren an Deck geblieben. Die Minotauren ruderten, um das Schiff in Bewegung zu halten, strengten sich jedoch nicht besonders an. Der Himmel flirrte im grellen Licht, und das Wasser hatte ein tiefes Saphirblau angenommen. Der Bug des Schiffes wies nach Nordwesten.

Nachdem die Langeweile sie aus ihrer Kabine getrieben hatte, kam Kitiara gerade rechtzeitig an Deck, um zu beobachten, wie Stratke Lurie gewaltsam überzeugte. Da sie mit Stratke bereits zwei Wochen an Land unterwegs gewesen war und Lurie eine Woche an Bord der »Silberhecht« erlebt hatte, kannte sie beide gut genug, um sofort zu wissen, daß es kein echter Kampf war. Die beiden waren im Grunde gute Kameraden.

»He! Ihr zwei seht aus, als bräuchtet ihr jemanden von göttlicher Weisheit, der euern Zwist beilegt. Ich wollte euch nur sagen, daß ich jetzt Zeit habe«, rief Kitiara ihnen grinsend zu, indes sie sich ihnen näherte,

Kitiara hatte noch nie eine größere Wasserfläche als den Krystallmirsee gesehen, doch das Leben auf See sagte ihr zu. Während der ersten Tage hatte sie sich gründlich im Schiff umgesehen und sich an die Wellenbewegungen gewöhnt.

La Cava hatte Kit beobachtet, ihr auch noch die hundertste Frage beantwortet und dann entschieden, daß sie sich auch nützlich machen konnte. Er hatte Kitiara erlaubt, bei einigen Arbeiten an Bord zu helfen – Segel einholen, in die Takelage klettern, um Leinen zu entwirren, und sogar eine Weile im Ausguck zu sitzen und Wache zu halten. Die Sonne hatte ihre Haut verbrannt und ihr einen warmen, goldenen Ton verliehen, und die körperliche Arbeit hatte ihren schlanken Körper sehniger gemacht.

Die zahlenden Passagiere sperrten die Augen auf und rümpften die Nase, wenn sie so herumlief und mit der Besatzung flachste. La Cava verwöhnte sie wie ein Vater sein eifriges Kind. Allmählich sahen die meisten der Seeleute – die es doch nicht gewöhnt waren, daß eine Frau sich so wie sie benahm –, sie als ihresgleichen an, denn ihre Bereitschaft, alles auszuprobieren, verschaffte ihr Respekt.

Kit fand Patricks Reaktion schwierig. Sie spürte, wie er sie betrachtete, wenn sie auf dem Schiff umherlief. Manchmal schien ihre Energie und Kraft ihn nachdenklich zu machen, dann wieder wirkte er stolz auf sie und die Bewunderung, die ihr von den Matrosen zuteil wurde, fast als wäre sie sein Besitz.

Insgesamt aber zog sich Patrick mehr und mehr von ihr zurück. Je länger sie unterwegs waren, desto ausweichender begegnete er ihr, schweigend und launisch. Kit konnte nicht begreifen, was ihn so beschäftigte.

Nur abends, wenn sie mit La Cava aßen, lebte Patrick auf.

Dann erzählte er stundenlang Geschichten über Gwynned und das Land seiner Familie und die Gegend dort. Mit Blicken und Gesten schloß er Kit in seine Erzählungen ein. Anschließend aber, wenn sie an Deck hochgingen, redete er nicht mehr so frei und berührte sie kaum einmal. Ihre Küsse, die normalerweise auf ihre Initiative zurückgingen, waren seltsam keusch.

Diese Gedanken schüttelte sie ab, als sie Lurie und Stratke begrüßte. »Zeigt mir, wie das geht«, bat sie die zwei.

Sie nickten, und Lurie reichte ihr das Messer mit dem schweren Griff, mit dem sie nach dem selbstgebastelten Ziel warfen, einem fußlangen Hobgoblin aus Stroh. Kitiara nahm das Messer in die Hand und merkte, wie schwer es war, als sie übers Deck zu dem zehn Fuß entfernten Ziel hinblinzelte. Mit der anderen Hand beschirmte sie ihre Augen vor der gleißenden Sonne.

Kitiara hatte in Solace schon viele Messer in der Hand gehabt, doch sie hatte nie richtig zielen gelernt, geschweige denn mit einem kurzen Messer wie diesem geübt. Gilons Messer waren eher nützlich. Sie eigneten sich dazu, Fleisch zu schneiden oder ein Tischbein zu glätten, und weniger zum Kämpfen.

Stratke grinste sie ermutigend an. Er, Lurie und Kit waren so etwas wie Freunde geworden, was etwas überraschend war, wenn man bedachte, daß Stratke keinen einzigen Satz herausbringen konnte und Lurie seine ganz eigene Ausdrucksweise hatte, die nicht immer einen Sinn ergab.

»Hier«, sagte Lurie, »so halten.« Er legte ihr den Arm um die Schulter, legte seine Hand auf ihre, und wollte ihr zeigen, wie sie das Messer anfassen und die Finger am Griff entlang legen mußte. Dann machte er eine peitschenartige Bewegung zur Seite. Das Messer flog aus ihrer Hand, sauste über eine Handbreit am Ziel vorbei und bohrte sich dann in ein Regenfaß, das glücklicherweise leer war.

Stratke bekundete seine Verachtung für Lurie, der vergessen hatte, ihrer beider Schülerin eine lebenswichtige Sache mitzuteilen. Er lief hin, zog das Messer heraus und brachte es Kit zurück. Bevor er es ihr gab, wischte er betont sorgfältig beide Seiten der Klinge an seiner Hose ab. Verwirrt sah sie Lurie an, denn die Klinge war doch gar nicht naß geworden.

»Stratke meint: ›Trocken halten‹«, übersetzte Lurie.

»Wieso?« fragte Kitiara, die sich auf den nächsten Wurf vorbereitete.

Stratke gab ein paar kaum erkennbare, erstickte Laute von sich, die er mit dem für ihn typischen Grinsen beendete. »Besseres Ziel«, sagte Lurie wie nebenher. »Wasser krümmt das Messer. Trocken geht auch tiefer rein. Immer trocken vor großem Kampf oder nach jedem Wurf. Sehr trocken, am besten.«

Diesmal wollte Kit alleine werfen. Im letzten Augenblick brachte ein Schwanken des Schiffes sie aus dem Gleichgewicht, so daß der Wurf daneben ging und das Messer mehrere Fuß neben dem Ziel aufs Deck fiel. Begeistert rannte Stratke los, um es wieder zu holen.

Als der große Sklave zurückkam, zeigte er ihr, wie er gewöhnlich das Messer anfaßte und warf. Stratkes Finger schlossen sich um den Griff. Sein Körper spannte sich, als er sich halb herumwarf – trotz seiner Fülle war Kitiara von der Geschmeidigkeit seiner Bewegung beeindruckt –, und das Messer blitzschnell aus seiner Hand schoß. Einen Augenblick später sah sie, daß die Klinge in der Brust der Puppe steckte.

Lurie schlenderte hin, um es herauszuziehen, und warf Stratke einen verächtlichen Blick zu, als er sich selbst zum Werfen anschickte. Es war, als müßte sich Patricks Sklave eigentlich schämen, daß er geprahlt hatte. »Volltreffer«, meinte der Maat trocken.

Lurie wies Kitiara bereitwillig in alle Vorgänge auf dem Schiff ein, vor allem, argwöhnte sie, um dadurch seinen üblichen Pflichten zu entkommen. Mit nur gut hundertzwanzig Fuß

Länge vom Bug bis zum Heck war die »Silberhecht« kein besonders großes Schiff. Dennoch gab es eine Unmenge Dinge zu sehen und zu entdecken. Der einzige Raum, der Kits Forschungsdrang verschlossen blieb, war La Cavas Privatkajüte. Der Kapitän schloß seine Kabine ab, wenn er nicht darin war, und Lurie, der einen Schlüssel besaß, wagte keine Übertretung. Kits und Patricks Kabine lagen neben der des Kapitäns im Heck.

Die anderen Passagiere waren weiter vorne in zehn Kabinen untergebracht, die kleiner als die von Kit, doch auch sehr schön eingerichtet waren. Einmal sahen sie und Lurie sich diesen kleinen Teil des Schiffes an. Mehrere Türen standen offen, damit noch der kleinste Windhauch eindringen konnte. Die stets neugierige Kit sah in alle Kabinen hinein, wo das möglich war, und entdeckte, daß jede einzelne mit Eiche getäfelt und mit eleganten, praktischen Möbeln und Plüschkissen eingerichtet war.

In einer Kabine erblickte sie eine dicke, verschleierte Dame, die trotz der Hitze ein Wollkleid trug und schwer atmend auf ihrem Bett ruhte. Der Junge, der mit ihr fuhr, gab sich größte Mühe, ihr mit einem großen Fächer aus Pfauenfedern Kühlung zu verschaffen. Beide waren für die Hitze absurd warm angezogen, was Kit ihnen beinahe gesagt hätte. Doch Lurie stupste sie an, und sie ging weiter.

Durch die andere Tür konnte Kitiara einen Blick auf einen blassen Elfen werfen, dessen spitze Ohren durch sein langes weißblondes Haar stachen. Er saß auf einem Hocker und starrte aus einem Fenster aufs Meer. Obwohl er mit dem Rücken zur Tür saß, kam es Kit so vor, als hätte er die Augen geschlossen. Er murmelte etwas, was sich wie eine Art Singsang anhörte. Lurie verlagerte neben ihr ungeduldig sein Gewicht, streifte dabei den Türrahmen und verursachte dadurch ein Geräusch, das den Elfen abrupt herumfahren ließ. Sein Gesicht trug einen so finsteren Ausdruck, daß Kit unwillkürlich einen Schritt zurücktrat und weitereilte.

An einem anderen Tag führte Lurie Kitiara zu den Gefangenen, wo ein Dutzend angekettete Minotauren bei Windstille zu einem rhythmischen Seemannslied rudern mußten. Sie wurden ständig von einem von La Cavas Männern bewacht. Immerhin wußte Kit, daß sie relativ gut behandelt wurden, denn sie bekamen das gleiche Essen und Wasser wie die Matrosen und die reichen Passagiere.

Kit starrte sie fasziniert an, denn sie erinnerte sich noch an das erste Mal, als sie einen Minotaurus aus der Nähe gesehen hatte. Da war Gregor dabeigewesen, damals vor der Schlacht gegen Flinkwasser. Diese hier trugen natürlich keine Waffen, aber ihre massigen, behaarten Körper flößten ihr dennoch Respekt ein. Ihre scharfen Hörner mußten tödlich sein. Die riesigen Augen schienen auf irgendwelche fernen Punkte zu starren, die für Menschen unsichtbar waren. Trotz der Ketten, die ihre Füße an den Boden banden, strahlten sie eine gänzlich ungebändigte Kraft aus.

Außerdem ging ein kräftiger Geruch von ihnen aus. Lurie zog ein Taschentuch hervor, mit dem er seine Nase bedeckte.

»Sie wirken«, sagte Kit, die nach den richtigen Worten suchte, »beinahe königlich. Als wenn sie diejenigen in den Kabinen sein sollten und wir alle hier an den Rudern sitzen müßten.«

»Manchmal«, erklärte Lurie, der sich die Nase zuhielt, »spielen sie verrückt. Dann Ärger. Meistens schwere Arbeit, gute Arbeit. Stinken aber. Viel stinken.«

»Ja«, mußte Kitiara einräumen. »Viel stinken.«

Nach einer Woche auf See erhielten Patrick und Kitiara vom Kapitän eine Einladung, anläßlich seines Geburtstags mit ihm zu speisen. Im Gegensatz zu den anderen Abenden, an denen sie im Speisesaal des Schiffs aßen, hatten sie diesmal das Privileg, in La Cavas Quartier eingeladen zu werden.

Patrick hatte an diesem Tag besonders abwesend gewirkt,

und um ihm möglichst gut zu gefallen, wollte sich Kit für diese Gelegenheit besonders anziehen. Sie wühlte in der Truhe seiner Mutter herum und wählte ein weißes, schulterfreies Kleid. Der durchsichtige Stoff wogte anmutig bis zum Boden um ihre Figur. Dazu trug sie den Chrysoprasanhänger, den Patrick ihr geschenkt hatte, und sie bürstete ihre Haare gründlich durch. Als er an die Tür kopfte und sie seine Reaktion sah, wußte Kitiara, daß sie gut gewählt hatte.

»Was für ein schöner Anblick«, murmelte er.

Patrick selbst trug eine Uniform, die einmal seinem Vater gehört haben mußte, denn sie war ihm ein wenig zu groß. Schultern und Hüften waren mit Tressen geschmückt, und die Uniform zeigte das Wappen der Familie. An seinem Gürtel hing zu Kits Überraschung das Schwert, das sie ihm geschenkt hatte. Die kostbaren Steine blinkten im Licht der Kabine. Kit fand, daß er umwerfend aussah. Spontan umarmte sie ihn und freute sich über seine warme Reaktion. Hand in Hand gingen sie zur Kapitänskajüte hinüber.

Kit wußte nicht, was sie erwartet hatte, doch was sie sah, waren bestens eingerichtete Zimmer, in denen sich ein anspruchsvoller Geschmack mit den unvorhersehbaren Spuren eines Lebens auf See vermischte. La Cava hatte Regale voller Bücher, dazwischen hin und wieder ein Stück Treibholz, an den Wänden hingen gerahmte Gemälde neben bunten Seekarten. Durch die Tür zu seinem Schlafzimmer konnte Kit sehen, daß sein Bett mit einer schön genähten, bunten Steppdecke zugedeckt war. In dem Raum, wo sie jetzt essen würden, stellte ein Podest den Ehrenplatz dar. Drumherum wickelte sich eine graugrüne Kreatur mit Tentakeln, herausquellenden Augen und rasiermesserscharfen Stacheln auf dem Körper. Sie war etwa so groß wie ein großer Hund.

»Das Vieh wurde bei einem Sturm an Bord gespült«, erklärte La Cava, als er sah, daß Kit das Wesen betrachtete. »Hat sich ums Ruder gewickelt. Aus den Tentakeln und den Stacheln spritzte Gift, und ich mußte heftig mit ihm kämpfen, um wieder ans Ruder zu kommen. Nachdem ich es getötet hatte, habe ich das Vieh von Lurie ausstopfen lassen. Ich bin nicht oft so nah dran, einen Kampf zu verlieren«, sagte er augenzwinkernd zu Kit.

Auch La Cava hatte sich in Schale geworfen. Er trug ein maßgeschneidertes, kurzes Jackett, dunkle Hose, eine rote Schärpe um den Bauch und ein rot-weiß gestreiftes Halstuch.

Mit einer kurzen Verbeugung lud er Kitiara und Patrick ein, sich einander gegenüber an den Holztisch zu setzen, der mit Porzellan gedeckt war und von Kerzen beleuchtet wurde. La Cava selbst setzte sich an den Kopf der Tafel. Die drei lächelten sich angesichts dieser ungewohnten Situation etwas gezwungen zu.

Doch alle Anspannung wich von ihnen, als Figgis, der Schiffskoch, höchst theatralisch ein Tablett mit gekochten Täubchen hereintrug. Kit hatte die Vögel noch am Morgen in ihrem Käfig zwischen anderen Vorräten gesehen. Dem tüchtigen Figgis folgte ein kleiner Küchenjunge, der das schwere Tablett mit Fischfilets, mariniertem Tang, Nußpudding und Trockenfrüchten kaum schleppen konnte.

Ein großzügiger Griff des Kapitäns in seine privaten Weinvorräte lockerte sie auf, je weiter der Abend fortschritt. La Cava hatte gute Laune, sprach jedoch wie gewöhnlich wenig und wählte seine Worte stets mit Bedacht. Patrick war bei diesem besonderen Ereignis aufgetaut und sorgte dafür, daß ihnen der Gesprächsstoff nicht ausging. Er redete viel und erzählte eine Geschichte nach der anderen, so wie Kit es von ihrer gemeinsamen Woche in Solace kannte. Patrick konnte manchmal wohl ein Langweiler sein, gestand Kit sich ein, aber er war bestimmt der bestaussehende Mann, den sie je getroffen hatte – außer Gregor natürlich. Sie lächelte ihn verführerisch an.

»Und da sagte meine Mutter ...« Es war nach Mitternacht,

und Patrick war mitten in einer langen Geschichte, wie sein Vater seine Mutter dazu gebracht hatte, ihn zu heiraten. La Cava hörte höflich zu, obwohl er die Geschichte bestimmt schon mehr als einmal gehört hatte. Der Kapitän wurde müde, bemerkte Kit.

»›Ich kann dich nicht heiraten, Alwit, ich bin einem anderen versprochen.‹ ›Gut‹, sagte mein Vater, ›dann kann ich entweder deinen Verlobten töten oder mich. Ich will nicht unglücklich sein. Du kannst wählen. Er oder ich.‹

Natürlich war das eine nahezu unmögliche Wahl. Beide sahen gut aus, beide waren aus guter Familie, und beide waren bereit, alles zu tun, um sie für sich zu gewinnen, denn sie war die schönste von ihren Schwestern und würde beim Tod ihres Vaters ein Vermögen erben.

Alwit rechnete damit, daß Maryn, meine Mutter, mit ihrem besten Freund reden würde, einem Kender, und ihn um Rat fragen würde. Doch dieser Kender, er hieß Sampler, legte nicht nur die Karten für die Familie meiner Mutter, sondern spielte auch den Wahrsager für Ravetch, den Hauptrivalen meines Vaters. Sampler war genauso ehrlich wie die meisten Kender und glaubte wirklich, er hätte eine bescheidene Begabung, die Zukunft vorherzusehen. Vielleicht war es so, vielleicht auch nicht. Für das, was dann geschah, spielt es keine Rolle.

Als meine Mutter Sampler von der Drohung meines Vaters erzählte, entweder sich oder Ravetch umzubringen, machte Sampler genau das, was jeder normale Kender getan hätte. Er rannte los und sagte es Ravetch. Kender haben durchaus ihre Fähigkeiten, aber ein Geheimnis zu bewahren, gehört nicht dazu. Nun war Ravetch meinem Vater an Herkunft und Aussehen zwar durchaus ebenbürtig, aber weder so tapfer noch so schlau. Er geriet sofort in Panik und bat Sampler, ihm aus der Hand zu lesen. Sampler, der zweifellos in der Dramatik der Situation aufging, sagte voraus, daß jemand sterben würde, aber wer von den beiden Bewerbern das sein würde, könne er nicht feststellen. Er würde es hinterher wissen, aber nicht unbedingt vorher.

Ravetch war zu allem bereit, um meine Mutter zu heiraten, außer zum Sterben. Und er wollte kein Risiko eingehen. Deshalb verschwand er einfach und hinterließ die Nachricht, daß er weit im Norden zu einer Jagd auf Hobgoblins gerufen worden war. Dieser Ausflug dauerte neun Monate. Als er zurückkam, waren Maryn und Alwit bereits verheiratet. Und ohne allzu großes Aufhebens wendete Ravetch seine Aufmerksamkeit einer von Maryns Schwestern zu.«

»Was wurde aus Sampler?« fragte Kitiara.

»Oh, den gibt es immer noch«, antwortete Patrick gut gelaunt. »Er ist heute noch mit meiner Mutter befreundet, aber ebenso mit meinem Vater. Sie sagen, kurz nachdem Sampler Ravetch die Zukunft vorhergesagt hatte, wäre er eines Tages mit einer außergewöhnlichen Menge Gold im Beutel aufgetaucht, das er natürlich sofort ausgab. Verdient sich seinen Lebensunterhalt mit dem üblichen Kenderunsinn und sagt hin und wieder mal jemandem die Zukunft voraus. Ist eine echte Persönlichkeit. Und in Gwynned berühmt.«

Kitiara und La Cava lachten verständnisvoll. Dann streckte sich der Kapitän, um aufzustehen, und zeigte ihnen damit, daß es Zeit war zu gehen. Er wünschte ihnen eine gute Nacht und verbeugte sich, um Kits Handrücken mit seinen Lippen zu streifen. Kit wurde rot vor – ja, was? Freude? Peinlichkeit? Sie hakte sich bei Patrick ein, als sie die Kabine verließen.

Keiner von beiden wollte den Abend einfach so enden lassen. Sie gingen an Deck und starrten auf das schwarze, phosphoreszierende Wasser, das im Mondlicht schimmerte. Die Nacht war still. Das einzige Geräusch war das Gleiten des Schiffs durch die Wellen. Patrick löste sich von Kitiara und ging mit hinter dem Rücken gefaßten Händen ganz nach vorne. Kit hätte ihn beinahe aus den Augen verloren, doch Becks Schwert fing glitzernd das Mondlicht ein.

Eine Welle der Enttäuschung überkam Kit. Was war mit Patrick los, daß er jetzt so launisch war? Kit merkte, wie ihr Verlangen nachließ. Und zugleich schüttelte sie die Rolle ab, die sie zu spielen versucht hatte, die von Patricks Verlobter. Hier und jetzt wußte sie, daß das nicht ihre Bestimmung war.

Patrick drehte sich um und kam zu ihr. »Ich gehe nach unten«, sagte er leise. »Ich bin plötzlich sehr müde.« Seine Stimme klang rauh und erschöpft. Seine vorherige gute Laune war spurlos verschwunden.

Kitiara gab ihm zu verstehen, daß er nicht auf sie warten sollte. Sie wollte noch etwas an Deck bleiben.

Erst ein paar Minuten später vernahm Kit ein Geräusch und stellte fest, daß noch jemand an Deck war. Als sie nach vorne spähte, entdeckte Kit den Elfen, den sie unter den Passagieren bemerkt hatte. Er stand auf dem Vorderdeck, wo er, das Gesicht ihr zugewandt, mit dem Rücken an einem Mast lehnte. Selbst auf diese Entfernung hatte Kit das sichere Gefühl, daß der Elf sie und Patrick beobachtet hatte und daß in seinen Augen eine unbestimmte Drohung lauerte.

Am nächsten Morgen unterrichtete Stratke Kit und La Cava davon, daß Patrick mit Ruhr im Bett lag. Zwei Tage lang blieb er in seiner Kabine und wollte nur seinen treuen Diener um sich haben. Aus diesem Grund und wegen Stratkes eingeschränkten Fähigkeiten, sich verständlich zu machen, erfuhr Kit sehr wenig über Patricks Zustand. Am dritten Tag kam er zu einem morgendlichen Spaziergang wieder an Deck. Er wirkte etwas abgespannt und blaß, aber ansonsten nicht sehr krank.

Doch beide wußten, daß sie nicht mehr dieselben Gefühle füreinander hegten wie vorher. Kit beschloß, mit Patrick darüber zu reden, wie sie nach Abanasinia zurückkommen konnte, sobald sie in Gwynned gelandet waren, aber der junge Mann wich ihr aus. Er ging dazu über, das Abendessen nur mit

Stratke zusammen in seiner Kabine einzunehmen. Wenn sie einander zufällig an Bord über den Weg liefen, sah Patrick Kit nicht in die Augen.

Zur gleichen Zeit war auch das Wetter umgeschlagen. Wolken hingen wie graue Steine am Himmel, und tagelang sahen sie keinen einzigen Sonnenstrahl. Dennoch hielt sich die lähmende Hitze. Offenbar braute sich am Horizont ein gewaltiger Sturm zusammen, ohne jedoch auszubrechen.

Da Patrick sich von ihr zurückgezogen hatte, verbrachte Kit mehr Zeit allein oder mit Lurie und den anderen Seeleuten. Sie hatte Spaß daran, sich mit ihnen zu messen, und forderte sie zum Messerwerfen oder zum Wettklettern bis in die Spitzen der Takelage heraus. Obwohl sie kleiner als die Männer war, zeigte sie, daß sie ihnen in diesen Dingen zumindest gewachsen war. Oft konnte sie Lurie und die anderen sogar schlagen. Manchmal fühlte sie dann La Cavas Blicke auf sich ruhen. Kit spürte, er hatte besser als sie verstanden, was zwischen ihr und Patrick los war; doch er sagte nichts.

An den Nachmittagen, wenn sie über das Deck stromerte, die Arbeit getan und die Spiele meist vorüber waren, kam Kit immer wieder auf die Frage zurück, was sie als nächstes machen sollte. Sie konnte nach Solace zurückgehen, denn sie erinnerte sich an Raists Vorhersage, daß sie früh genug zurück sein würde. Kit fragte sich, wie es ihren Brüdern erging. Sie waren noch so klein – Raistlin so verwundbar und Caramon so einfältig. Doch sie wußte, daß sie aufgrund der Umstände bemerkenswert selbständig geworden waren. Nun, sie hatte ihr Bestes getan. Mochten die Götter sie anlächeln. Eines Tages würde sie zurückkehren, aber nicht sofort.

In ihrem Herzen verspürte Kitiara den Wunsch, weiter zu reisen und die Suche nach ihrem Vater wieder aufzunehmen. Doch seitdem sie die letzten vagen Hinweise auf seinen Verbleib – irgendwo im Norden – erhalten hatte, waren Jahre vergangen. Wo sollte sie anfangen zu suchen?

Als Kit eines Nachts nicht schlafen konnte, begegnete sie an Deck La Cava und Lurie. Sie wurde wieder munter, als sie die beiden sah, denn sie hatte vorgehabt, den verschlossenen Schiffskapitän in eine Unterhaltung zu verwickeln. Es gab ein bestimmtes Thema, das sie anschneiden wollte.

Also marschierte sie geradewegs auf ihn zu. Als La Cava verschwinden wollte, versperrte Kit ihm kühn den Weg. Um die Lippen des Kapitäns spielte ein feines Lächeln. Er nickte Lurie zu, der auf dieses Zeichen hin verschwand, jedoch an Deck blieb und müßig auf die See starrte. La Cava selbst trat einen Schritt zurück und zeigte Kit durch seine Haltung, daß er ihr fürs erste zuhören würde.

»Was beschäftigt Euch, Fräulein Kitiara?« fragte La Cava in der eleganten, etwas ironischen Art, in der er sie immer ansprach.

»Kapitän«, sagte sie ohne Umschweife, »an dem Tag, als wir uns kennenlernten –«

»Ja?« La Cava zog eine Augenbraue hoch.

»Da hatte ich den sicheren Eindruck, daß Ihr von meinem Vater gehört habt. Gregor Uth Matar.«

»Ich sagte etwas anderes.«

»Ihr sagtet etwas anderes, aber ich hatte eben diesen sicheren Eindruck.«

Ihr störrisches Kinn verriet ihre Entschlossenheit, und ihre Augen blitzten. Ja, je mehr sie darüber nachgedacht hatte, desto überzeugter war sie, daß La Cava etwas über ihren Vater wußte. Sein Gesicht hatte das verraten, aber vielleicht hatte er vor Patrick nichts davon erwähnen wollen.

La Cava griff in die Tasche und zog eine Pfeife heraus. Aus der anderen Tasche holte er einen Tabaksbeutel und stopfte den Pfeifenkopf. Nachdem er den Beutel wieder eingesteckt hatte, zog er Flint und Stahl heraus und schlug damit einen kräftigen Funken. In dem Lichtblitz erkannte Kit das, was sie hinter La Cavas kavaliersmäßiger Fassade erahnt hatte: einen wilden Charakter, den nur Alter und Weisheit zügelten.

La Cava drehte sich um, lehnte sich an die Reling und sog an seiner Pfeife. Auch er blickte auf die See – wie ein Spiegelbild von Lurie, der ein ganzes Stück weiter an der Reling stand. Segler finden oft Trost oder kommen auf Ideen, wenn sie an einer Reling stehen und aufs Meer hinausschauen.

Kitiara sah dies als Einladung an. Sie kam näher und lehnte sich neben La Cava an. Allerdings sah Kit nicht aufs Meer, sondern starrte den Kapitän an.

»Ich hatte den sicheren Eindruck«, wiederholte sie zum dritten Mal.

»Ihr seid äußerst hartnäckig, Kitiara«, sagte La Cava, der etwas den Kopf drehte, um sie anzusehen. Seine Stimme war leiser geworden und hatte etwas von der förmlichen Höflichkeit abgelegt. »Richtig stur. Ihr seid entschlossen, etwas vom Leben zu bekommen, aber Ihr habt keine Ahnung, was Ihr eigentlich wollt. Hartnäckigkeit ist eine Eigenschaft, die ich bewundere, aber ich halte es für wichtig, daß Ihr wißt, was Ihr wollt.«

»Mein Vater …«

»Vergiß doch mal eine Minute lang deinen Vater, Mädchen«, fuhr La Cava sie in scharfem Ton an. »Was willst du? Was willst *du* selbst?«

»Was meint Ihr damit?« fragte Kitiara verwirrt.

»Du wirst doch nicht Patrick heiraten«, sagte La Cava etwas abschätzig. »Für den bist du zu klug und zu stark. Er könnte dich niemals zähmen. Ich könnte dich zähmen, aber ich bin zu alt für solche Sachen und zu klug, es zu versuchen. Ich will lieber meinen Frieden haben, mein kleines Schiff und meinen Tabak. Mehr brauche ich nicht. Meine Abenteuerlust ist gestillt. Aber was ist mit dir, Kitiara. Wonach suchst du?«

Jetzt war es an Kitiara, den Blick abzuwenden. Sie wußte, daß Lurie ein Stück weiter wahrscheinlich lauschte und einiges von La Cavas Worten mitbekommen haben mußte. Sie mochte Lurie. Dennoch war sie rot vor Scham, denn La Cavas Worte hatten sie tief getroffen.

Nach langem Schweigen sagte sie langsam: »Ich weiß es nicht.« Weil La Cava nicht reagierte, folgte erneut langes Schweigen. »Ich möchte … Anerkennung. Ich will mehr sein als bloß ein gewöhnliches Mädchen aus Solace. Ich will herumkommen und etwas erleben und in Entscheidungsschlachten dabei sein. Ich will … jemand sein. Nein, das ist nicht richtig. Ich will ich selber sein, Kitiara Uth Matar, und reich und mächtig werden. *Reich und mächtig.*«

La Cava nahm einen tiefen Zug von seiner Pfeife. »Das kannst du durchaus«, sagte er schlicht.

»Und mein Vater?« erinnerte sie ihn.

La Cava seufzte tief und wandte ihr das Gesicht zu, so daß sie ihm in die Augen sehen konnte. »Dein Vater«, wiederholte er. »Dein Vater ist in manchen Teilen von Krynn berühmt, in anderen unbekannt.«

Kit wartete ab, ob er fortfuhr, doch es sah so aus, als würde ihm das schwerfallen. »Ich habe ihn weder selbst kennengelernt noch je gesehen, und kenne auch niemanden, der ihn kannte. Aber ich bin überall gewesen, wo Schiffe hinkommen, und ich habe von Gregor Uth Matar und seinen Taten gehört«, – hier machte er eine Pause – »und von seinem Ende.«

Kit stockte der Atem. »Was ist passiert?«

»Das ist keine schöne Geschichte, und ich erzähle nicht gern Klatsch oder Legenden. Sie kann genausogut nicht wahr sein.«

»Erzählt sie mir trotzdem«, forderte sie ihn auf.

Wieder ein tiefer Seufzer. Dann drehte der Kapitän sein Gesicht zum Meer zurück. »Oben im Norden liegt Whitsett, eine Region, wo seit fast hundert Jahren ständig Krieg herrscht. Manche nennen es Bürgerkrieg, andere reden von einer Blutfehde zwischen zwei rivalisierenden Familien, die beide reich und mächtig sind und große Verluste verkraften können. Dein Vater, Gregor Uth Matar, hat einen gewissen Ruf als meisterhafter Stratege, und vor einer Weile hat er sich an die Spitze eines tausend Mann starken Söldnerheers gestellt, dessen Krieger allesamt skrupellose Recken waren.«

»Weiter.«

»Es heißt, daß dein Vater diese Armee nach Whitsett geführt und seine Dienste beiden Familien angetragen hat. Er hat seine Reiter einfach demjenigen unterstellt, der am meisten bot. Ich weiß nichts über die beiden Seiten in diesem Krieg, doch es heißt, daß einer der Lords absichtlich weniger geboten hat, damit Gregor und seine Männer für den langjährigen Erzfeind seiner Familie ins Feld ziehen würden. Dann hat dieser Lord sich heimlich mit einem kleinen Teil von Gregors Männern verbündet und ihnen das Doppelte geboten, wenn sie ihren Anführer ausspionieren würden.«

»Verrat!« rief Kitiara aus.

»Ja, Verrat von Männern, die er gerecht behandelt hatte«, sagte La Cava. »Aber sein Geschäft gründete sich auf Geld, nicht auf Treue. Natürlich wiederhole ich nur, was ich gehört habe. Ich selbst kann nicht beurteilen, was davon wahr ist. Man hört so manches auf Reisen, und derartige Geschichten werden ausgeschmückt und aufgebauscht.«

»Was ist passiert?« bohrte Kitiara. »Was ist mit meinem Vater passiert?«

»Soweit ich gehört habe«, sagte La Cava noch sanfter, »hat Gregor seinen Teil des Handels erfüllt, indem er die Armee umzingelte, die er bekämpfen sollte, und sie problemlos besiegte. Die Armee seines Auftraggebers ist einmarschiert, um den Übergabevertrag zu unterzeichnen, und er war einfach zu selbstzufrieden. Auf ein Zeichen hin erhoben sich die Verräter unter Gregors Soldaten und erschlugen den Hauptrivalen und seine Generäle ebenso wie –«

»Ja?« verlangte Kitiara zu wissen.

»– wie Gregor und seine wenigen treuen Gefolgsleute.«

Kitiara bekam keine Luft mehr. Ihre Kehle zog sich zusammen, und Tränen stiegen ihr in die Augen, aber sie wollte nicht zulassen, daß diese Tränen flossen. Sie mußte sich an der Reling abstützen, denn sie konnte nichts mehr sehen, nichts fühlen, nichts denken außer Gregor. Ihr Vater. Tot. Verraten.

»Verräter«, fauchte sie. »Verräter.«

»Ja«, sagte La Cava traurig. »Wenn es stimmt.«

»Dann ist das mein Ziel!« rief sie. »Ich gehe nach Whitsett.«

»Wenn es sein muß«, meinte La Cava. »Aber soweit ich gehört habe, teilten die Verräter ihre Belohnung und trennten sich voneinander. Sie haben sich in alle Ecken von Krynn verstreut. Keine zwei zusammen. Keiner hat seither mehr von ihnen gehört.«

»Ich werde sie finden«, beharrte Kitiara mit erstickter Stimme. »Ich werde jeden einzelnen dieser Hunde jagen, und wenn ich mein ganzes Leben dazu brauche.«

»Wenn es sein muß«, sagte La Cava ergeben. Er wandte sich um zum Gehen, wobei er Kitiara warm an die Schulter faßte. »Wenn es sein muß.« Sie nahm ihn überhaupt nicht mehr wahr.

Als sie einen Augenblick später aufsah, war La Cava gegangen, und Lurie stand mit gesenktem Kopf – wie üblich – neben ihr. Auf seinem Vogelgesicht lag ein mitleidiger Ausdruck. Kitiara konnte lange nichts sagen und stand deshalb eine ganze Weile einfach neben ihm. Innerlich kochte sie. Trotz ihrer tollkühnen Wut war sie jetzt unsicherer denn je, wohin sie gehen und was sie machen sollte. Ihr Vater war tot. Verraten.

Schließlich brach Lurie das Schweigen. »Sag dir was«, bemerkte er wie nebenbei.

»Was?«

Der Maat lehnte sich rücklings an und beobachtete ihre Reaktion. »Über Patrick.«

»Was ist mit ihm?« Ihr Tonfall war fast mürrisch.

»Andere«, sagte er. »Andere Frauen, die er heiraten wollte. Hat sie auch an Bord gebracht.«

»Was für andere?« Jetzt hörte sie Lurie doch zu.

»Oh, zwei oder drei andere, ich meine, vor dir«, sagte Lurie. »So eine pro Jahr. Wir segeln herum. Er steigt aus, geht auf Reisen. Stratke geht mit. Ich nicht. Ich warte mit dem Kapitän. Zeit vergeht. Er kommt zurück. Jedesmal mit neuer Frau, die er heiraten will. Macht er bloß nie.«

»Macht er nicht? Wieso? Was wird aus ihnen?«

»Nichts wird aus ihnen. Wir schicken sie zurück, hinterher.«

»Hinterher?« Kitiara mußte die Zähne zusammenbeißen, um nicht vor Enttäuschung zu schreien. Was wollte er ihr damit sagen? Lurie meinte es gut, aber seine Ausdrucksweise war zum Verrücktwerden.

»Patrick fährt los«, fuhr Lurie fort, »ganz glücklich. Neues Mädchen. Alles gut. Aber ... wenn wir näher kommen, er wird nervös. Durcheinander. Ängstlich. Ändert seine Meinung. Braut doch nicht so ganz perfekt. Vielleicht will er doch nicht heiraten. Nicht so hastig.«

»Er verliert die Nerven«, murmelte Kitiara, die allmählich begriff. »Er will eigentlich gar nicht heiraten.«

»Nicht ganz«, erwiderte Lurie. »Macht sich Gedanken über seine Mutter, über Vater. Besonders Mutter. Mächtig wichtige Frau. Sehr eingebildet. Guckt auf alle herab. Keine gut genug für Patrick. Jede zu viele Fehler. Patrick Angst, sich gegen Lady Maryn durchzusetzen.«

Kitiara war still vor Wut, während sie diese neueste Nachricht verarbeitete. Wenn Lurie Kitiara vom Schicksal ihres Vaters hatte ablenken wollen, so war ihm das gelungen. Zumindest im Moment war Gregor Uth Matar aus ihren Gedanken verschwunden, und Patrick war an seine Stelle getreten. Möglich, daß sie nie wirklich vorgehabt hatte, diesen Trottel zu heiraten, aber das war schon ein starkes Stück, sie einfach so mitzuschleifen.

»Je näher an zu Hause«, fügte Lurie tröstend hinzu, »desto mehr kommt er zu anderer Meinung. Nicht diesmal heiraten.

Auf nächste Reise warten. Neues Mädchen finden. Besseres Mädchen. Es Mutter recht machen.«

Zornig legte Kitiara ihr Kinn vor. »Die Genugtuung bekommt er nicht, daß er mich zurückweist«, erklärte sie wild, fegte an dem erstaunten Mann vorbei und eilte in ihre Kabine.

Lurie machte den Mund auf, um etwas zu sagen, aber Kit war bereits unten verschwunden. Plötzlich war er allein an Deck, überwältigt vom dunklen Himmel, den glitzernden Sternen und dem unendlichen, wogenden Ozean.

Der Maat war mit dem ziemlich unangenehmen Gefühl zurückgeblieben, daß das Gespräch recht abrupt geendet hatte und daß etwas in seinen Worten Kitiara beleidigt hatte. Was mochte das sein? Er hatte ihr doch nur den Gefallen getan, die Wahrheit zu sagen.

Bis nach Mitternacht wälzte sich Kitiara unruhig herum, konnte aber nicht einschlafen. Sie konnte nur noch an das denken, was Lurie ihr erzählt hatte. Ihr Kopf brodelte von Szenen, in denen sie Patrick eine Lektion erteilen würde.

Der Sturm, der schon tagelang in der Luft gelegen hatte, brach in der dunkelsten Stunde dieser Nacht aus. Laute Donnerschläge und wilde Blitze gingen einem sintflutartigen Regenguß voraus. Die Blitze erhellten den Himmel in hellen Streifen und warfen in ihrer Kabine schreckliche Schatten. Der Wind nahm an Stärke zu, bis die Wellen über den Bug klatschten.

Überall auf dem Schiff wurde herumgeschrien, während die Matrosen losrannten, um die Segel einzuholen und zu tun, was sie konnten, um das Schiff auf Kurs zu halten. In ihrer augenblicklichen Verfassung hatte sie nicht den Drang, aufzustehen und mitzuhelfen. Von ihrem schmalen Bett aus lauschte Kitiara dem Knarren und Stöhnen des Schiffs in den hohen Wellen.

Dann saß sie senkrecht im Bett. An ihrer Tür war ein

Geräusch, ein Kratzen und zaghaftes Klopfen, das nicht zur Sinfonie des Sturms gehörte.

Beim Aufstehen raffte sie ihre Decke um sich und schlich zur Tür, die sie einen Spaltbreit öffnete. Stratkes Gesicht drückte sich schwer in die Öffnung. Er versuchte, etwas zu sagen, doch Kit konnte ihn kaum erkennen, geschweige denn seine gurgelnden Laute verstehen. Als sie die Tür weiter aufmachte, fiel er wie betrunken in ihre Kabine. Sie drehte sich um, um ihm ihre Meinung zu sagen, diesem aufgeblasenen Narren, der die ganze Zeit Patricks Spielchen mitgespielt hatte.

Merkwürdigerweise hatte sich Stratke über ihr Bett geworfen, als wenn er darunter etwas suchen würde. Sie nahm ihn an der Schulter und drehte ihn unsanft um.

»Was zum Teufel«, setzte sie an, brach jedoch mitten im Satz ab. Er stürzte auf den Boden, und ihr Gesichtsausdruck wandelte sich von Ärger zu Entsetzen. Rasch hockte sie sich hin und nahm seinen Kopf in den Arm.

Der arme Stratke sah noch einen Moment zu ihr auf, und die Lippen versuchten, sich zu bewegen. Aus seinem Mund kamen keine Worte, sondern sprudelndes, dunkelrotes Blut. Kit sah genauer hin und erkannte, daß man ihm sauber und tödlich den Hals aufgeschlitzt hatte. Sie konnte zusehen, wie seine Augen sich flatternd schlossen.

Entsetzt ließ Kitiara seinen Kopf auf den Boden sinken, stand auf und warf sich rasch ein paar Kleider über. Dann sah sie sich nach einer Waffe um. Die einzig verfügbare war eins von den Messern, mit denen sie an Deck trainiert hatte. Stratke war unbewaffnet und anscheinend im Nachthemd überrascht worden.

Wieder öffnete Kit ihre Tür einen Spaltbreit und spähte vorsichtig in den Gang. Vom Deck her hörte sie die lauten Rufe der Seeleute, die darum kämpften, das Schiff zu retten. Im Gang war nichts, kein Geräusch, kein Mensch.

In diesem Teil des Schiffs lagen nur drei Kabinen: erst ihre, dann, weiter von der Treppe entfernt, die des Kapitäns, dann die von Patrick. Sie schlich an der Wand lang auf La Cavas Quartier zu. Die Tür war geschlossen, doch sie trat sie auf und sprang mit erhobenem Messer hinein.

Als ihre Augen die Kajüte absuchten, merkte sie, daß ihr Arm zitterte und sie sich Mühe geben mußte, nicht die Nerven zu verlieren. Nichts. Niemand. La Cava war offensichtlich oben an Deck, um das Schiff sicher durch den Sturm zu führen.

Ein lauter Knall ließ sie zusammenzucken, doch das war nur der bisher lauteste Donner. Der Sturm ließ nicht nach.

Zurück im Gang, machte sie sich langsam zu Patricks Kabine auf, obwohl sie sich vor dem fürchtete, was sie dort erwarten mochte. Gebückt kam sie um die Ecke, wo ihr auffiel, daß die Tür nur angelehnt war. Kit streckte einen Arm aus und stieß die Tür auf und wartete auf eine Reaktion. Nichts.

Noch weiter gebückt, so daß sie fast auf Händen und Knien hockte, schlich Kitiara weiter. Als sie durch die Tür kam, war sie bereit, beiseite zu springen oder zu rollen. Weil sie niemanden sah, stand sie auf. Erst da bemerkte sie den Umriß eines Körpers auf dem Bett, der mit einer blutigen Decke zugedeckt war. Schon bevor Kitiara ihm die Decke vom Kopf zog, wußte sie, daß es Patrick war. Er lag in einer Blutlache, die sich aus einer Wunde in seiner Brust immer weiter ausbreitete. Es war klar, daß er wie Stratke überrumpelt und im Schlaf erstochen worden war.

Mit angespannten Sinnen lief Kit zur Tür und blickte noch einmal in den Gang, doch wie zuvor hörte und sah sie nichts. Nachdem sie die Tür zugemacht hatte, blickte sie sich in Patricks Kabine gründlich um. Es gab keine Anzeichen für einen Kampf, keinen Hinweis darauf, wer Patrick und Stratke umgebracht hatte.

Patricks riesige Reisetruhe war noch da, ebenso seine Beutel, alles eben, was einen Dieb gelockt hätte. Einen Augenblick lang setzte sie sich benommen und verwirrt auf den Rand von

Patricks Bett. Wieso sollte sich jemand hier hereinschleichen und die beiden ermorden? Welches Motiv konnte es außer Raub überhaupt geben?

Ihr Blick wanderte zu Patricks Gesicht, das totenstarr war, aber ansonsten unverändert schien. Wahrscheinlich war er gestorben, ohne zu erwachen. Sie verspürte kaum eine Regung von Mitleid.

Einen Moment lang dachte Kitiara an den anderen jungen Mann, der vor einigen Jahren in der Blüte seines Lebens ermordet worden war. Sie war Beck Gwatmey nie begegnet, aber ob er sich so sehr von Patrick von Gwynned unterschieden hatte?

Entschlossen stand sie auf und sah sich um. Patricks Tod bedeutete, daß sie das Schiff so schnell wie möglich verlassen mußte. So wie sie auf das reagiert hatte, was Lurie ihr erzählt hatte, würde man sie verdächtigen, ihn getötet zu haben. Kit hatte nicht die geringste Lust, die Grenzen von La Cavas Gnade kennenzulernen.

Rasch durchwühlte sie die Taschen von Patricks Kleidern, in denen sie Ausweispapiere fand, die nützlich sein mochten, und die sie in ihre Bluse stopfte. Dann nahm sie ein paar Kleidungsstücke von Patrick und steckte sie in eine seiner mittelgroßen Reisetaschen. Sie zerrte und stocherte an dem Schloß seiner großen Truhe herum und versuchte dann, es mit dem Griff ihres Messers aufzubrechen, doch ihre Anstrengungen hinterließen kaum eine Spur. Zum Glück entdeckte Kit einen kleinen Beutel mit Edelsteinen im Absatz von Patricks Ersatzstiefeln. Auch die stopfte sie in die Tasche, die sie sich schließlich um die Schulter schlang.

Sie kniete sich hin, und unter dem Bett fand Kit Becks Schwert, das zwischen einer Planke und der Wand klemmte. Sie zog es heraus, vergewisserte sich, daß es gut verpackt war, und band es sich auf den Rücken.

Zuletzt ging Kit zu Patrick hinüber, nahm das Amulett ab,

das sie immer noch trug, und legte es auf seinen Körper. Das ist nur gerecht, dachte sie. Und sie wollte nicht an ihn und seine Mutter erinnert werden.

Als sie sich in den verlassenen Gang gestohlen hatte, lauschte Kit auf das immer noch andauernde Chaos an Deck und stellte fest, daß sie jetzt handeln mußte, solange der Sturm auf seinem Höhepunkt war und die Leute abgelenkt waren.

Kit holte tief Luft und stieg so unverdächtig wie möglich die Treppe hoch. Die Männer rannten hin und her, machten Taue fest und riefen einander Kommandos zu. Das Schiff schwankte wild, so daß Kit einige Male auf das Deck stürzte, ehe sie ihr Gleichgewicht wieder fand.

Der Donner krachte, Blitze spalteten den Himmel. Einen kurzen Augenblick beleuchteten die Blitze La Cava am Ruder. Der Kapitän brüllte seiner durchnäßten Crew lauthals Befehle zu.

Kit hatte richtigerweise angenommen, daß sie in diesem Tumult niemand bemerken würde.

Taumelnd kämpfte sich Kit zum Heck des Schiffs vor. Die Küste war höchstens zehn Meilen entfernt, und Kit fand, daß sie eine gute Chance hatte, es zu schaffen, selbst in diesem Sturm.

Ein Blick zum Himmel verriet ihr, daß das Gewitter nachließ. Das Schlimmste war vorbei.

Nachdem sie ihre Stiefel ausgezogen und im Beutel verstaut hatte, überzeugte sich Kit, daß sie alles fest an ihren Körper gebunden hatte. Sie kletterte auf die Reling und sprang ohne einen Blick zurück vom Schiff.

Die kalten, tosenden Wellen prasselten wie Steine auf sie ein und hätten sie fast betäubt. Doch bevor Kit das Bewußtsein verlieren konnte, schwamm sie auch schon, ein Punkt im Wasser, der sich langsam, aber stetig vom Schiff entfernte.

»Mann über Bord!« war das letzte, was sie hörte.

Kapitel 4

An Land gespült

Das Meer hatte im Sturm alle Farbe verloren. Die Wellen sahen schwarz aus, als sie wieder und wieder über Kitiara hinwegklatschten. Sie kämpfte darum, den Kopf über Wasser zu halten. Ihre Arme schwammen, bis sie taub waren.

Die Stunden vergingen.

Da Kit von dem Schwert auf ihrem Rücken heruntergedrückt wurde, konnte sie kaum die Kraft aufbringen, mit den Beinen zu treten. Ihr ganzer Körper schien vom Wasser heruntergezogen zu werden. Kit hatte so viel Salzwasser geschluckt, daß sie heftig zu würgen begann, als die Wellen –

nicht zum erstenmal in dieser Nacht – über ihr zusammenschlugen.

Zum Glück war es Kit gelungen, sich an einem kleinen Holzfaß festzuklammern, das im Wasser an ihr vorbeigetrieben war, und dessen Auftrieb das einzige war, was sie jetzt noch über Wasser hielt. Das und ihre Entschlossenheit, es nicht loszulassen.

Der Sturm tobte viel länger, als Kit geschätzt hatte, bevor sie von Bord gesprungen war. Das Schiff hatte sie längst aus den Augen verloren, doch sie hatte keine Ahnung, ob sie immer noch auf die Küste zuhielt und wie weit die Küste überhaupt entfernt war. Obwohl der Sturm nachgelassen hatte, zeigte sich am wolkenverhangenen Himmel noch kein Schimmer der Morgendämmerung.

Kits Gesicht ruhte am rauhen Holz des Fasses. Ihre Zunge war so geschwollen, daß sie sich doppelt so groß anfühlte wie normal, und das in einem völlig ausgedörrten Mund. Ihre Lippen waren mit Salzkrusten überzogen. Eine unwiderstehliche Müdigkeit überkam sie. Kit fielen die Augen zu. Ihr war alles egal.

Augenblicklich begannen sich Bilder vom Krystallmirsee in ihrem Kopf zu formen. Wie seine Oberfläche im Sonnenlicht glitzerte, wie die Wellen am Ufer leckten, ein schöner, friedlicher Tag …

Hundert Nadelstiche schreckten sie auf. Ihr Bein tat entsetzlich weh. Etwas griff sie an. Kit konnte kaum etwas im Wasser erkennen, doch sie biß die Zähne zusammen und trat heftig nach dem unbekannten Wesen.

Sie traf etwas Kaltes, Schleimiges. Als sie sich herumwarf, konnte sie vage eine silbrigweiße, gelatineartige Masse erkennen, die an die Oberfläche gekommen war.

Noch während sie das Ding anstarrte – es war zwei Armspannen breit und eine hoch –, kam es näher. Da sie abgelenkt war, konnten ihr weitere Nadeln über den Rücken kratzen. Sie trat wieder heftig aus und sah zwei längliche Umrisse, rotbraun mit schokoladenbraunen Tupfen, die sich unter Wasser rasch von ihr fortbewegten.

Da wurde ihr klar, daß sie es mit einer Riesenqualle zu tun hatte, die von zwei Wächteraalen begleitet wurde. Sie wollten Kit zum Frühstück verspeisen!

Entsetzt starrte sie die schwabbelige Qualle an, die ein paar Fuß entfernt lauerte. Zwei milchige, kugelige Augen auf Fühlern ragten vor dem Tier hoch. Die Fühler tasteten sich nach vorn, während der knollenförmige Körper im Wasser trieb.

Kit sah zu, wie die Aale auf beiden Seiten des schimmernden Riesentiers genau auf sie zuschossen. Lurie hatte Kit von diesen Wächteraalen erzählt, die häufig in Gesellschaft von Quallen lebten. Ihre Aufgabe bestand darin, den Quallen die Beute in ihre unzähligen Tentakel zu treiben, indem sie sie gnadenlos angriffen und mit ihren Unmengen von winzigen, rasiermesserscharfen Zähnen zubissen.

Diesmal ließ Kit bei dem Angriff vor Schmerz fast das Faß los. Die Aale hatten sich um ihr eines Bein gewickelt und zogen sie nach unten. Kit wehrte sich mit aller Macht, doch um sie herum drehte sich alles, so brannte der Schmerz. Als sie endlich wieder klar denken konnte, war die Qualle über ihr. Sie türmte sich vor ihr auf, bedeckte sie völlig, saugte sie zu ihrem weichen, tiefroten Maul hin.

Kit ließ das Faß los und tauchte, so tief sie sich traute, unter der Tentakelmasse weg. Als ihr fast die Lungen platzten, kam sie hinter ihr hoch.

Die beiden Aale griffen immer noch ihr Bein an, doch sie hatte einen Augenblick Zeit, hinzugreifen und einen von ihnen abzureißen. Er wand sich in ihrem Griff, um seine winzigen Zahnreihen in ihren Arm zu graben, doch sie hob den Aal aus dem Wasser, nahm alle Kräfte zusammen, schlang ihn zu einem Knoten und riß ihn entzwei. Die zwei Teile zuckten blutspritzend im Wasser.

Kaum hatte Kit das getan, da löste sich der andere Aal von ihrem Bein und schwamm hin, um seinen Kollegen zu fressen.

Sie hatte keine Zeit, sich zu gratulieren. Die Riesenqualle griff erneut an. Diesmal wickelte sie ihr die Tentakel um Beine und Rücken, um sie zu vergiften. Das Schwert war nutzlos, denn im Wasser kam Kit nicht heran. Und das Gewicht der Qualle zog sie nach unten, während das Gift sie benebelte.

Einer der Fühler glitt suchend vor ihren Augen vorbei. Verzweifelt griff sie zu und konnte einen der milchigen Augäpfel des Wesens erwischen. Der Fühler zuckte wie wild. Kitiara wurde vor Schmerz durchgeschüttelt, doch es gelang ihr, die Faust um den Augapfel zuzudrücken.

Das weiche, schwammige Ding platzte in ihrer Hand, und Blut und Schleim spritzten ins Wasser. Im gleichen Moment zuckte das Tier zusammen, denn seine Kraft ließ nach. Bevor Kit wußte, wie ihr geschah, hatte sich das schleimige Wesen zurückgezogen, glitt rasch zurück und verschwand unter Wasser.

Sie war von zitternden Schleimstücken bedeckt. Der Schmerz ließ bereits nach. Doch Kit würde vor Erschöpfung bald ihr Bewußtsein verlieren.

»Verflucht sei Patrick, der sich die Kehle aufschlitzen ließ, und verflucht seien alle Himmel für diesen verdammten Sturm!« schrie Kitiara kraftlos, weil der Klang der eigenen Stimme ihr irgendwie Trost spendete.

Als sie im Westen die dünne, dunkle Linie sah, machte Kits Herz einen Sprung. Land!

Ihr Faß trieb vorbei. Mit heftigen Beinschlägen schwamm Kit los und erwischte das tanzende Holz. Mit dem letzten Restchen Kraft hielt sie sich fest, während die Strömung sie an den Strand trug.

Kitiara erwachte mit furchtbarem Durst. Die Vormittagssonne brannte auf sie herab. Sie war wie benommen und zerschlagen, aber sie lebte.

Nachdem sie den Kopf aus dem Sand gehoben hatte, stellte sie fest, daß sie an einen einsamen Strand gespült worden war. Auch gut, denn die Wellen hatten ihrer Bluse so übel mitgespielt, daß von dieser nur noch ein paar Fetzen übrig waren, die von Fäden zusammengehalten wurden. Ihre Hose hatte den Sturm nicht viel besser überstanden.

Nachdem sie sich mühsam aufgesetzt hatte, nahm Kit Bestand auf. Becks Schwert war immer noch über ihren Rücken gebunden, ein Glück. Doch der kleine Beutel mit Edelsteinen und die Ausweispapiere, die sie aus Patricks Kabine mitgenommen hatte, waren im Kampf mit der See ebenso verlorengegangen wie die Tasche mit ihren Stiefeln und den frischen Kleidern. Bei der raschen Durchsuchung ihrer Taschen tauchten nur ein paar Münzen auf, weiter nichts.

Kitiara durchstöberte das Treibgut, das der Sturm an den Strand geworfen hatte: ein Haufen Holz, eine zerbrochene Schiffslaterne, ausgefranste Seilreste, eine tote Katze, ein einzelner Stiefel und etwas, das so aussah wie der angenagte Kopf von einem der Aale, die sie angegriffen hatten. Nichts Interessantes für Kit, abgesehen von einer mitgenommenen Lederweste. Sie mußte einem Seeman gehört haben, der kaum größer war als sie, denn sie paßte ziemlich gut. Als Kit sie anzog und die Überreste ihrer Bluse zurecht zog, sah sie fast schon wieder annehmbar aus.

Ein Rumpeln oben auf einer felsenübersäten Klippe ließ sie vermuten, daß oberhalb der Küste womöglich eine Straße war. Barfuß erklomm sie die Felsen.

Sie hatte recht gehabt: eine Straße. Kit sah aus einer Richtung einen offenen Wagen nahen, den sie winkend anhielt. Der Fahrer – offenbar ein Bauer – bremste in gutnachbarlicher Manier ab, musterte sie jedoch argwöhnisch. Sie war schon ein seltsamer Anblick in ihrer zusammengestückelten Aufmachung und mit dem schwertförmigen Bündel auf dem Rücken.

Kit schenkte ihm ihr verschmitztetes Lächeln.

»Schiffbrüchig«, sagte sie. »Mein Ziel ist da, wo Ihr hinwollt.«

Nach kurzem Zögern lächelte er. »Spring rein«, entschied er mit einer Geste auf den freien Platz neben sich. »Du siehst wirklich schiffbrüchig aus, auch wenn ich mal vermute, daß da noch mehr zu erzählen wäre.«

Sie stieg prompt auf, sagte aber nichts, was seine Neugier gestillt hätte. Er schien ihr das nicht krumm zu nehmen und ließ den Wagen wieder anfahren.

Kit bemerkte eine Wasserflasche neben dem Fahrer. Da sie so durstig war, konnte sie ihre Augen nicht davon losreißen. Wortlos reichte der Fahrer sie herüber.

Während sie trank, versuchte Kit, ihren Retter einzuordnen. Die schwarze Kapuze, die er zum Schutz vor der Sonne über den Kopf geschlagen hatte, vermittelte zunächst einen düsteren Eindruck. Doch auf den zweiten Blick sahen die Augen in dem wettergegerbten Gesicht recht freundlich aus.

Er fing ihren forschenden Blick auf und lächelte wieder. »Meine Name ist Rand«, sagte er. »Komm gerade vom Markt in Vocalion. Falls das dein Ziel war, da fahre ich jetzt erst in ein paar Tagen wieder hin, aber du kannst gern solange mit zu mir kommen. Ich geb' dir was zu essen und finde vielleicht sogar ein paar anständige Kleider für dich. Bist nicht der erste halbertrunkene Seefahrer, den ich rette.«

Rand zwinkerte ihr freundlich zu. »Als Gegenleistung wünsche ich mir ein bißchen Hilfe auf meinem Hof.«

Kit fiel es schwer, überzeugende Freude zu heucheln. Auf einem Hof zu arbeiten konnte sie kaum begeistern, auch wenn es nur für wenige Tage war. Andererseits hörten sich Essen und frische Kleider wirklich gut an.

»Vocalion ist nur eine halbe Tagesreise entfernt«, fuhr Rand unbeeindruckt fort. »Ist kleiner als Osthafen, aber dort gibt es gute Geschäfte und was man sonst so braucht. Da findest du bestimmt Arbeit, mit der du über die Runden kommst. Wenn du nicht auf mich warten willst, brauchst du zu Fuß etwa einen Tag. Es ist allerdings nicht so, daß man es mit mir nicht ganz gut ein paar Tage aushalten kann.«

Rand redete einfach immer weiter vor sich hin, so daß Kit nicht viel antworten mußte. Da er praktisch mit sich selbst redete, konnte die junge Frau darüber nachdenken, was sie als nächstes tun würde. Osthafen kam nicht in Frage; diese Stadt wollte die *Silberhecht* anlaufen, wie sie wußte. Also konnte sie sich genausogut nach Vocalion aufmachen.

Es stellte sich heraus, daß Rand – ein Witwer – allein auf einem abgelegenen Gehöft lebte. »Mein Schlößchen«, hatte er verkündet, als sie vor einer geduckten Bauernkate hielten, die an einen Hügel gebaut war. Nach drei Tagen in der Kate war es für Kit alles andere als ein »Schlößchen«.

Das Dach war mit Gras bewachsen, weshalb ständig Dreck herunterrieselte, besonders wenn Rands Ziegen zum Fressen hinaufkletterten. Drinnen war es dunkel, doch das sah Kit bald eher als Segen an, denn Rand war kein großer Hausmann.

Immerhin hatte er eine gut bestückte Vorratskammer. Mit ihrem Inhalt war er großzügig, und dazu gehörten nicht nur Ziegenmilch und Ziegenkäse, sondern auch alle Sorten Fleisch und frisches Obst. Neben seiner Ziegenzucht braute Rand im Schuppen neben der Scheune noch einen leckeren Honigwein, der in der Gegend so beliebt war, daß er immer etwas davon gegen andere Dinge eintauschen konnte, die er nicht selbst anbauen wollte.

»Weißt du was«, hatte er am ersten Tag erklärt, nachdem er zugesehen hatte, wie sie Brot, Käse, einen Apfel und zwei Portionen kaltes Hammelfleisch heruntergeschlungen hatte. »Wenn du hierbleibst und mir hilfst, den nächsten Schwung Met in die Fässer zu füllen, dann geb' ich dir noch ein bißchen Geld mit auf den Weg. Es dauert nur drei Tage. Du wirst doch nicht wie ein Bettler in Vocalion auftauchen wollen.«

Kit vermutete, daß Rand in Wirklichkeit einen Zuhörer für sein Geschwätz suchte, doch sie hatte sich sowieso schon entschieden, ein paar Tage hierzubleiben, bevor sie nach Vocalion weiterzog. Also zeigte sie sich einverstanden. Bei Otik hatte sie gelernt, immer zuzuhören – oder zumindest so zu tun.

Die drei Tage vergingen wirklich schnell. Als die Zeit zum Aufbruch kam, hatte sich Kitiara wieder erholt, und obendrein war Rand mehr als großzügig mit der Handvoll Geld, die er ihr abzählte.

Sobald seine neue Fuhre Met abgefüllt war, schickte sich der Bauer an, sie – und Kitiara – nach Vocalion zu bringen.

»Du hast Glück«, erklärte ihr Rand beim Essen am Abend vor der Abfahrt. »Morgen ist der letzte Tag des berühmten Holzwaffenfestes von Vocalion. Zumindest in der Gegend hier berühmt«, grinste er. »Die Leute kommen jedes Jahr meilenweit angereist, um zuzuschauen und zu wetten.«

»Holzwaffenfest?« lachte Kit.

»Nur Waffen aus Holz«, sagte Rand und schlürfte an seinem Met. »Auf die Art kommt keiner zu Tode. Na ja, fast keiner. Der beste Mann gewinnt.«

Kit hörte mit halbem Ohr zu. Ein Turnier ohne Waffen, das machte doch keinen Spaß. Klang ganz nach einer Idee von Langweilern.

»Das Turnier dauert sieben Tage. Wer am ersten Tag gewinnt, kämpft am zweiten Tag zweimal und so weiter, bis die Woche um ist. Eine Niederlage, und man ist draußen.« Er schüttelte den Kopf. »Am siebten Tag ist nur noch der beste Kämpfer übrig – meistens dieser Camium. Am siebten Tag muß er sechs neue Herausforderer besiegen, einen nach dem anderen, ehe er den Preis bekommt. Aber er schafft es immer. Camium ist seit elf Jahren immer der Sieger.«

»Durch welches Geheimnis?« fragte Kit.

»Kein Geheimnis«, sagte Rand. »Ist einfach ein Schläger. Der beste Mann zwölf Jahre nacheinander.«

»Warum sagst du immer ›bester Mann‹?« fragte Kit leicht gereizt.

»Nur so eine Redensart«, antwortete Rand, der ihren Ärger nicht bemerkte. »Außerdem sind Frauen bei dem Kampf natürlich nicht zugelassen. Zum Glück für sie«, er schlürfte etwas Met, »denn Camium ist kein Kavalier.«

Kits Interesse war geweckt. »Was gibt es als Preis?«

»Oh, hab' ich das nicht gesagt?« erwiderte Rand. »Eine Tasche Gold vom Veranstalter und dazu ein Zehntel von den Wetteinsätzen.«

»Und morgen ist der siebte Tag, sagst du?« fragte sie mit gerunzelter Stirn.

»Joh. Du solltest hingehen. Wetten dürfen Frauen immerhin.«

Sie hatten für das Beladen des Wagens länger gebraucht, als Kit erwartet hätte, denn Rand war mit seinen Vorbereitungen äußerst sorgfältig. Als sie den Hof verließen, stand die Sonne hoch am Himmel, und bis die Stadt in Sicht kam, war Spätnachmittag. Rands Zugpferd stemmte sich ins Geschirr, um den Wagen auf eine Anhöhe zu ziehen, von der aus man auf eine türkisblaue Bucht sah. Kit hielt den Atem an. Sie wußte nicht viel über diesen Teil von Krynn, doch es überraschte sie, einen so malerischen Außenposten zu entdecken.

Die meisten Häuser von Vocalion schienen aus weißem Stein zu bestehen, der das Licht hell zurückwarf. Zum Land hin schützte eine Mauer mit Wachtürmen und Toren die Stadt. In dem niedlichen Hafen dümpelten zahlreiche Schiffe.

Als sie näher kamen, geriet ihr Wagen in eine Reihe Karren und Fußvolk, die alle auf Vocalion zuhielten. Kits Finger trommelten ungeduldig auf die Wagenbank. »So, ich spring' einfach ab«, sagte Kit unvermittelt, während sie den Sack hochnahm, in dem ihr Schwert, ein paar Kleidungsstücke von Rand und ein paar Lebensmittel steckten.

»Danke für alles, Rand«, fügte Kit hinzu.

Rand hatte kaum noch Zeit, sich zu wundern, da rannte sie schon vor ihm die Straße hinunter. »Viel Glück, Kitiara«, rief er ihr nach.

Nachdem sie ein paar Minuten gelaufen war, betrat Kitiara die Stadt und schlüpfte hinter zwei breitschultrige Kerle, die sie für Mitglieder der Stadtwache hielt, denn beide hatten die gleichen Insignien auf Helmen und Brustpanzern. Die Menge machte diesen beiden etwas Platz, so daß Kit hinter ihnen rasch vorwärts kam.

Sie fing Gesprächsfetzen auf.

»Hast du was gehört? Wie Camium sich heute schlägt?« fragte ein Dicker. »Das Turnier müßte fast vorbei sein.«

»Wo ist das Problem?« gab sein Begleiter zurück. »Camium hat seit Jahren keinen Kampf verloren.«

»Was für ein Kämpfer! Hast du den Kampf gegen Minotaurus gesehen? Nach einer halben Stunde hatte Camium das Untier auf den Knien, doch der Minotaurus hat immer noch nicht aufgegeben – du weißt ja, wie stolz diese Rasse ist –, darum mußte Camium ihn mit seiner Keule bewußtlos schlagen. Danach war es keine Frage mehr, wer gewonnen hatte.«

Die Wachen bogen in eine Seitenstraße ab, womit Kit sich selbst überlassen war. Jetzt war sie noch entschlossener, zum Turnier zu gelangen, bevor es vorbei war, und wenn auch nur, um einen Blick auf diesen Camium zu erhaschen, dessen Ruf sie faszinierte. Plakate für das Holzwaffenfest hingen in den Straßen nach Norden. Eilig lief sie zwischen den Leuten hindurch in diese Richtung.

Das Kolosseum von Vocalion war klein, aber eindrucksvoll, ein rundes Bauwerk mit Arkaden, das die geduckten Häuschen und Schenken drumherum überragte. Draußen standen scharenweise Menschen in Trauben zusammen, die redeten und lachten. Aber von drinnen hörte Kitiara Hunderte brüllen, klatschen und fluchen.

Kit drängelte sich zu einem Wettstand durch.

»Wer von Camiums Gegnern hat die besten Chancen?« fragte sie einen schmierigen Kerl mit roter Knollennase.

»Wo kommst du denn her, Kleine?« erwiderte der Mann mit einem Seufzer. »Das ist der letzte Kampf, und keiner setzt gegen Camium. Camium ist noch nicht einmal erschöpft. In ein paar Minuten ist alles vorbei. Spar dir dein Geld.«

Das hatte sie nicht erwartet. Sie trat vom Wettstand zurück und sah sich enttäuscht um, wobei sie den Eingang zum Kolosseum entdeckte.

Der Lärm von drinnen schwoll an. Na schön, jetzt war sie so weit vorgedrungen, da konnte sie genausogut die letzten paar Minuten vom Kampf mitansehen. Kitiara wollte gerade zum Eingang gehen, als sie eine offene Seitentür bemerkte.

Nachdem sie hindurchgeschlüpft war, befand sich Kit in einem engen, unbeleuchteten Gang, der zu dem Warteraum führte, in dem sich die Gegner auf ihre Kämpfe vorbereiteten. Als sie den Raum betrat, stieß sie auf einen kleinen Jungen mit Besen, Bürste und einem riesigen Holzeimer. Er schrubbte an etwas herum, das wie getrocknete Blutflecken aussah.

Am gegenüberliegenden Ende des Raums führte ein zweiter, kürzerer und engerer Gang zu einem kleinen Ausgang, der von hellem Sonnenlicht erleuchtet war. Durch die Tür konnte Kitiara im Gegenlicht unscharf zwei Gestalten erkennen, die einander draußen in der Arena umkreisten. Die Menge brüllte und johlte.

»Wer ist das?« Der Junge hatte aufgeschaut und blinzelte zu ihr herüber. Er war ein mageres Bürschchen von vielleicht acht Jahren, wahrscheinlich ein Waisenkind, das während des Turniers hier arbeiten mußte.

»Man hat mich geschickt, ähm, zum Helfen«, sagte Kitiara schnell.

»Oh«, sagte der Junge gleichgültig. »Hier.« Er warf ihr eine

Bürste zu. »Fang einfach irgendwo an. Blut und Dreck gibt's reichlich.«

Kit fing die Bürste geschickt auf, während sie auf dem Weg zur Tür war, um hindurchzuspähen. Ein kleiner, vierschrötiger Kerl tat sein Bestes, um die windmühlenartig niederprasselnden Schläge eines großen, gutgebauten Mannes abzuwehren. Beide schwangen dicke, schwere Keulen. Hah, dachte Kitiara, das sieht doch so aus, als wäre Camium klar unterlegen.

Als sie sich umsah, bemerkte sie in dem Raum Holzwaffen aller Art herumhängen. Keulen, Dreschflegel, feste Stangen, Holzhammer, sogar Hupaks – die Lieblingswaffe aller Kender von Krynn – standen für die Kämpfer zur Wahl. Kit schob ihre Tasche hinter eine Bank und tat so, als würde sie an einer Wand herumschrubben.

Die Borsten waren so starr, daß sie Kitiaras Meinung nach sogar auf Stahl Spuren hinterlassen hätten. Durch den Gang schielte sie zum Kampf hin. Kitiara fragte sich, wie der kleine Kerl noch länger Camiums Schlägen standhalten sollte.

Scheinbar hielt sie sich direkt unter der Zuschauermenge auf, das verriet ihr der donnernde Lärm über ihr.

»Das ist doch Camiums letztes Opfer?« fragte Kit.

Der Junge blickte achselzuckend auf. »Wenn sich nicht noch jemand zusammenschlagen lassen will«, sagte er tonlos. »Das ist heute der fünfte. Weil Camium inzwischen einen so schlechten Ruf hat, konnten sie nur fünf dazu überreden. Was soll's, letztes Jahr waren es bloß vier, also kann man sich wohl kaum beschweren.« Er ging wieder an die Arbeit.

Einige von den Zuschauern buhten, und als Kit durch die Tür sah, konnte sie sehen, wie die beiden Männer miteinander ringend auf dem Boden rollten. Der Kampf ging offenbar dem Ende zu.

Kits Gedanken überschlugen sich. Das war eine Chance – und wenn es die Chance war, sich den Schädel einschlagen zu lassen –, die sie sich nicht entgehen lassen konnte.

Sie fand einen kleinen Lederhelm, den sie sich fest um den Kopf band, und in den sie die paar Löckchen stopfte, die er nicht bedeckte. Dann ging sie zur Wand, wo sie einen langen, abgerundeten Stock abnahm, den sie mehrmals auf den Boden schlug, um sicher zu sein, daß er hielt.

Kit war schon früher als Mann durchgegangen. Mit der Lederweste, die sie am Strand gefunden hatte, der rauhen Tunika, der Hose und den schweren Stiefeln, die sie von Rand erhalten hatte, mochte ihr das jetzt wieder gelingen. Kit rieb sich etwas Staub ins Gesicht und auf die Hände.

Der Junge hatte seine Bürste beiseite gelegt und schaute ihr mit wiedererwachter Neugier zu. »Was machst du da eigentlich?« fragte er. »Du hast doch keine Chance. Du bist ein –«

Auf der Stelle stand sie neben ihm und fummelte in ihrer Tasche herum. »Hier«, sagte sie und gab ihm ein paar von ihren Münzen. »Geh schon und setz auf den letzten Herausforderer. Auf mich. Und vergiß, was du gesehen hast.«

»Aber –«

Kit erhob ihren Stock und schlug damit vielsagend auf den Boden. »Verschwinde!« schrie sie. »Und danke deinen Göttern, daß ich nichts Schlimmeres mache!«

Als der Junge davongerannt war, hörte Kit draußen kurze Stille, der ein einstimmiges Gebrüll folgte. Der Zweikampf war entschieden. Kitiara drehte sich um und eilte ins Licht.

Die Menge schreckte kurz hoch, um den Neuankömmling dann jubelnd willkommen zu heißen.

Als sie aus der Dunkelheit in die Sonne des Spätnachmittags trat, brauchten Kits Augen ein paar Sekunden, bis sie sich an das helle Licht gewöhnt hatten. Sie stand in der Sandarena, an deren Seiten fünfzig Reihen Bänke anstiegen, und die Leute, die darauf dicht an dicht saßen, starrten sie an. Sie schrien und gestikulierten, waren aber eindeutig erfreut über die Aussicht auf einen weiteren Kampf.

In der Mitte der Arena lag zu Kits großem Schrecken der

verprügelte Körper eines großen Mannes mit kräftigem Oberkörper. Ein vergleichsweise kurzer Kerl thronte auf der reglosen Brust.

Der kleine Mann war nicht mehr der Jüngste. Sein Haupt wurde bereits kahl, und er hatte einen langen, lockigen graumelierten Bart. Der Kerl hatte O-Beine und reichte ihr höchstens bis zur Brust. Seine Nase war so platt, als wäre sie schon dutzendmal gebrochen gewesen.

Der Kämpfer war ein Zwerg. Er strahlte triumphierend und leerte gerade einen Krug Bier. Als er Kitiara sah, warf er den Krug beiseite und sprang von der Brust seines fünften Opfers. Dann stand Camium Eisenbieger, zwölffacher, ungeschlagener Sieger des Holzwaffenfestes, wie ein echter Profi auf und verbeugte sich sehr formell vor Kitiara.

Nachdem sie fünf Minuten mit Camium Eisenbieger gekämpft hatte, verstand Kit, warum er elf Jahre lang das Holzwaffenfest gewonnen hatte. Nach zehn Minuten hatte sie von dem Kampf genug, doch das Problem war, Kit hätte aufgeben müssen, und Aufgeben war gegen ihre Ehre. Der Kampf konnte anscheinend nur auf zwei Arten zu Ende gehen – mit Kits Bewußtlosigkeit oder mit ihrem Tod.

So unnachgiebig, wie er kämpfte, war klar, daß Camium Eisenbieger beide Alternativen gleich recht waren.

Nach einer halben Stunde konnte Kitiara kaum noch auf ihren wackligen Beinen stehen, kaum noch aus ihren blutunterlaufenen Augen sehen, kaum noch ihren Stock heben, um nach dem graubärtigen Zwerg zu schlagen.

Der Zwerg bewegte sich nicht viel. Er war durchaus bereit, Kitiaras Schläge einzustecken, so viele und so schnell sie austeilen konnte. Es sah fast so aus, als wäre es für Camium Eisenbieger eine Frage des Stolzes, einen Kinnhaken oder eine Kopfnuß zu bekommen, ohne auch nur mit der Wimper zu zucken. Kitiara versuchte ein paarmal, nach seinen Knien zu schlagen, doch seine Beine erwiesen sich als ebenso stabil wie sein Schädel.

Die ganze Zeit ließ er sich von ihr umkreisen, wich kaum von der Stelle zurück, wo er sich aufgebaut hatte, und beobachtete sie genau. Kit konnte Camium leicht erreichen und fast nach Belieben zuschlagen. Sie schwang ihren dicken Stock – anderthalbmal so lang wie sie – fast wie ein Schwert, doch er nahm auch ihre besten Treffer mit einem Grinsen hin, das die Begeisterung der Menge noch anstachelte.

Was Camium anging, so trug dieser eine häßliche, knorrige Keule voller Löcher und Kerben. Diese ruhte fast schwerelos auf seiner Schulter, obwohl sie so lang war wie er und vermutlich halb so schwer. Wenn Kitiara fünf- oder zehnmal zugeschlagen hatte, holte er einmal aus, und auch das nur sehr zurückhaltend, als hätte er es damit nicht eilig.

Doch seine Trefferquote war hoch, und seine Schläge landeten mit viel Kraft auf ihren Beinen, auf der Brust, auf den Schultern und auf dem Gesicht. Er war wahrscheinlich mehr als zehnmal so alt wie sie und nicht größer als Caramon, doch der kleine Dickwanst konnte wirklich kämpfen. Kurz bevor sie umfiel, dachte Kit noch, daß es doch irgendeinen Weg geben mußte, ihn zu erledigen.

Die Menge buhte wild, als sie mit dem Gesicht nach unten im Sand zusammenbrach. Camium ging zu einem großen Hahn, der für ihn an der Wand der Arena angebracht war, und zapfte sich einen Krug Bier. Während er gedankenverloren die drei Schiedsrichter ansah, nahm er einen langen, tiefen Zug.

Drei Bürger in gleichen Roben saßen auf einer Tribüne, von wo aus sie Kits ausgestreckten, reglosen Körper beobachteten. Sie hatten nicht vor, das Spektakel vorzeitig abzubrechen. Die Menge buhte weiter.

Gutmütig ging Camium zu Kit und kippte ihr einen Krug Bier über den Kopf. Sie sprang auf, sah sich verwirrt um und zog sich schnell aus der Arena in den engen Gang zum Waffenraum zurück.

Die Menge teilte sich etwa zu gleichen Teilen auf in Buhrufer und Lacher. Camium schüttelte grinsend den Kopf und kehrte an seinen Bierhahn zurück.

Deshalb sah er Kitiara nicht, als sie wild in die Arena zurück und geradewegs auf ihn zustürmte. Die überraschte Reaktion der Menge warnte den Zwerg, doch Camium wußte nicht, was er von einem Gegner zu halten hatte, der einen riesengroßen, eisenbeschlagenen Eimer und eine Schrubberbürste schwang. Sein Unterkiefer fiel herunter, und seine knorrige Keule ebenfalls.

Ehe Camium eine Bewegung machen konnte, war ihm Kitiara auf die Schultern gesprungen und hatte ihm den Eimer über den Kopf gestülpt, wobei sie den Boden herausschlug und das Ding herunterdrückte, bis es um seine Brust lag und seine Arme festhielt. Der Schwung ihres Angriffs warf den Zwerg zunächst um, und Kit nahm die grobe Bürste und fuhr ihm damit über das Gesicht, wobei sie die rechte Hälfte seines Barts größtenteils herausriß, bevor sie in den Zotteln hängenblieb.

So ein Jaulen hatten die Zuschauer noch nie gehört. Und vor allem nicht aus dem Mund von Camium Eisenbieger. Schweigen griff um sich, als Camium mühsam hochkam, obwohl er immer noch in dem Eimer steckte. Sein Gesicht war schamrot.

Er versuchte, den Eimer zu sprengen, doch die Eisenbänder hielten.

Kitiara hatte seine Keule fortgerissen, mit der sie ihm jetzt, so fest sie konnte, wieder und wieder auf den Kopf schlug, ein halbes dutzendmal. Der Zwerg taumelte, drehte sich, taumelte noch mehr, kippte aber nicht um.

Kitiara holte mit aller Kraft aus und schlug ihm die Keule ins Gesicht. Camium fiel nach rechts, tänzelte ein paar Schritte herum, taumelte wieder. Doch er kippte nicht um.

Camiums Augen waren zugeschwollen. Er konnte seine Arme nicht bewegen. Die Bürste baumelte von seinem Bart herunter. Blut tropfte unter dem Eimer heraus, denn Kitiara hatte mit ihren Schlägen die Haut aufgerissen.

Doch noch immer kippte Camium Eisenbieger, elffacher Held des Holzwaffenfestes, nicht um.

Kit bezweifelte, daß er überhaupt noch bei Bewußtsein war. Sie hatte Respekt vor dem alten Zwerg und wollte ihn nicht noch schwerer verletzen oder noch schlimmer beschämen. Mit einem müden Augenaufschlag sah sie in stummem Flehen die Richter an.

Nach hastiger Beratung hoben die drei Schiedsrichter ihre Arme, um ein Unentschieden zu verkünden. Der Preis sollte gerecht geteilt werden.

Die Menge explodierte.

Camium wankte.

Kit brach zusammen.

Ein paar Stunden später, Stunden voller Heiler und Gratulanten, saß Kit schließlich allein auf einer Steinbank im Waffenraum und bewegte voller Schmerzen ihren Kiefer hin und her.

Allein bis auf einen großen Fremden voller Heimlichtuerei, der gewartet hatte, bis die anderen fort waren. Er machte ihr keine Angst. Wenn sie Camium Eisenbieger bis zum Patt bekämpfen konnte, würde sie auch mit jedem anderen fertig werden.

Dennoch überraschte sie die Stimme des Mannes. »Du gibst dich wohl immer für einen Mann aus«, bemerkte der Fremde, der sich vor sie gestellt hatte.

»Ursa!« Voller Bitterkeit spie sie den Namen aus und sprang auf. Sie sah sich um, welche Waffe sie nehmen sollte.

»Hoi!« sagte Ursa Il Kinth, der sich wachsam umschaute. »Nicht so laut.«

Sie machte einen Schritt. Er packte ihren Arm, allerdings freundlich. »Für heute hast du genug gekämpft«, drängte Ursa leise.

Dann ließ er ihren Arm los. Kitiara hielt mit blitzenden Augen die Stellung. All ihre Müdigkeit war verflogen, neue Kraft war plötzlich in ihr aufgestiegen. »Ich schulde dir noch eine Tracht Prügel von damals!« sagte Kit wütend.

Er setzte sich und zog seine Kapuze herunter, um seine langen braunen Haare zu schütteln. Kit hatte Zeit, eine Waffe zu ziehen – und das tat sie. Ihre Tasche mit dem Schwert war auf der anderen Seite des Raums. Der dicke Knüppel, den sie sich schnappte, würde reichen müssen.

Sie wartete auf Ursas Reaktion, doch der saß nur da und starrte sie mit seinen dunklen, glitzernden Augen an.

»Ja«, meinte er zuletzt mit nüchterner Stimme. »Das war schon ein schlechtes Geschäft. Du schuldest mir eine Tracht Prügel, und ich schulde dir deinen Anteil an … an der Sache.«

»Und wo ist der? Glaub bloß nicht, daß du diesmal davonkommst, ohne ihn mir zu geben!« Sie stieß ihm mit dem Knüppel gegen die Brust.

Halbherzig schob er die Waffe beiseite. »Sei doch nicht blöd«, sagte er. »Du bist jetzt besser dran als ich.« Sie tätschelte den halbvollen Beutel Gold in ihrer Tasche. Ursas Augen beobachteten sie etwas nachdenklich.

»Ich schulde dir etwas«, fuhr er fort. »Das bestreite ich gar nicht. Aber ich freue mich, dich zu sehen. Merkst du das nicht? Auch wenn du mich einiges von dem bißchen Geld gekostet hast, das ich noch hatte.« Er grinste einfältig. »Wie jeder andere habe ich auf Camium gesetzt.«

Sie schnaubte ohne viel Mitleid.

»Ich habe eine Weile gebraucht, bis ich dich erkannt habe. Aber schließlich mußte ich ja die armselige Verkleidung der Frau durchschauen, die mich schon als Mädchen den Wert einer Holzwaffe gelehrt hat«, sagte er spöttisch. »Schon damals warst du keine schlechte Kämpferin, aber inzwischen bist du verdammt eindrucksvoll, gebe ich zu. Was machst du überhaupt hier in der Gegend?«

Kit runzelte besänftigt die Stirn. Eigentlich war sie sogar froh, den dreist grinsenden Ursa wiederzusehen. Er meinte es offensichtlich ehrlich, wenn er auch etwas bedrückt wirkte. »Erst du«, sagte sie, nachdem sie ihren Knüppel heruntergenommen hatte. »Was machst denn du hier?«

»Ich habe einen Auftrag«, sagte er, wobei sich sein Gesicht aufhellte. »Ich und Schlaukopf – ja, der ist immer noch dabei. Die anderen nicht.« Ursas Gesicht wurde wieder finsterer. »Von den anderen erzähle ich dir später. Und was ist mit dir?«

Sie sah keinen Grund, etwas zu verschweigen. Kit erzählte ihm kurz die Geschichte ihrer vorgetäuschten Verlobung mit Patrick, der Seereise, dem ungeklärten Mord und ihrer Flucht über Bord. Das alles schien schon Jahre her zu sein.

»Die *Silberhecht*!« rief Ursa aus. »Alle Zuschauer haben von diesem Schiff geredet. Es ist heute nachmittag zur Reparatur in Vocalion eingelaufen. Liegt zur Zeit im Hafen. Es heißt, der Kapitän wäre vollkommen aufgelöst, weil er mit der Leiche seines Herrn an Bord zum Heimathafen segeln muß.«

Diese Nachricht überraschte Kit. »Wenn die *Silberhecht* hier ist«, unterbrach sie ihn aufgeregt, »dann könnte ich womöglich Cinnamon zurückbekommen.«

»Wenn es wahr ist, was du mir erzählt hast«, sagte Ursa, »dann solltest du lieber vorsichtig sein.«

»Stimmt …«

»Weißt du was«, sagte Ursa. »Schließ dich mir an, dann hol ich dir Cinnamon irgendwie zurück.«

Kit wollte schon Einwände erheben, als er die Hand hob. »Und sobald es geht, werde ich dir zurückzahlen, was ich dir schulde«, versprach der Söldner. »Darauf kannst du dich verlassen.«

Ursas großer, gebeugter Gefährte wartete auf einem schmutzigen Stück Hafenmauer auf sie. Trauerkloß – sie konnte ihn in Gedanken nicht anders nennen – zeigte keinerlei Überraschung und auch keine sonstige Reaktion, daß Kit nach zwei Jahren wieder bei ihnen war. Sie hingegen hätte dem Verräter am liebsten das Schwert – oder etwas anderes – an den Hals gesetzt, doch Ursa hielt sie davon ab.

Eins mußte sie stillschweigend eingestehen: Die Vorstellung, wieder mit den beiden zusammenzuarbeiten, gefiel ihr.

»Da ist sie! Ich sehe sie!« rief Kit. Die *Silberhecht* hatte an einem Pier abseits von der offenen See angedockt. Ein Fallreep führte hinauf. Sie glaubte, La Cava an Deck zu sehen, und zog ihre Begleiter in die Schatten einer Seitengasse.

»Das ist der Kapitän. Ich rate dir, ihm nicht über den Weg zu laufen, egal was du vorhast. Ich glaube, er ist dir gewachsen oder sogar überlegen«, weihte Kit Ursa ein.

Die junge Frau spähte wieder um die Ecke; mehrere Passagiere kehrten über das Fallreep zurück. Keine Spur von Cinnamon, die wahrscheinlich unten versorgt wurde.

»Unsere Pferde stehen in einem Stall am Stadtrand. Du holst sie mit Schlaukopf zusammen und bringst sie an den Rand der Marsch östlich von hier. Schlaukopf weiß schon, wo ich meine.«

Trauerkloß nickte schweigend.

»Dort wartet ihr auf mich«, fuhr Ursa fort. »Ich komme, sobald ich kann. Wenn man Cinnamon überhaupt entführen kann, dann bin ich der Mann dafür.« Ein Teil seiner alten Großspurigkeit war zurück.

Trauerkloß drehte sich um, und Kit stand auf und folgte ihm. Ursa legte ihr die Hand auf den Arm. »Warte, Kit«, sagte er. »Was ist mit dem Gold?«

Sie machte den Mund auf und wollte protestieren.

»Für Bestechungen«, grinste er, »und sonstige Auslagen.«

Seufzend griff sie in die Tasche und gab ihm den Beutel. Ursa hatte recht. Sie konnte ihm auch gleich ganz vertrauen. Und sie hatte sich sowieso nicht eingebildet, ihr Gold besonders lange zu behalten.

Die drei traten aus dem Gäßchen zwischen zwei Gebäuden heraus. Kit und Trauerkloß verschwanden in die eine Richtung; Ursa tauchte auf der anderen in der Menge unter. Nachdem sie sich getrennt hatten, tauchte in einem Eingang in der Nähe eine vermummte Gestalt auf, die ihnen hinterherstarrte. Hätte Kit sich umgesehen, so hätte sie den Dunkelelfen von der *Silberhecht* erkannt.

Kapitel 5

Die Slighöhle

Kitiara und Trauerkloß warteten bereits seit fast zwei Tagen am verabredeten Treffpunkt am Rande einer schilfbestandenen Marsch zehn Meilen östlich von Vocalion. Zuerst war Kit geduldig, doch mit der Zeit wurde sie unruhig, denn sie befürchtete, Ursa könnte etwas zugestoßen sein.

Ihr einfaches Lager lag, von hohem Riedgras verborgen, abseits der Hauptstraße. Um sie herum erstreckte sich eine spärlich bewaldete Tiefebene mit einzelnen Tümpeln und Eisflächen. Weit im Norden konnte Kit eine Bergkette mit schneebedeckten Gipfeln erkennen.

Während der Wartezeit hatte Trauerkloß kaum etwas gesagt, wie das bei ihm üblich war. Falls der große, gebeugte, trübselige Mann sich wegen Ursa Gedanken machte, hatte er ihr das jedenfalls nicht gezeigt. Er war wieder so wie immer und las ungerührt in seinem Zauberbuch, wobei er die Lippen tonlos bewegte und gelegentlich die Seiten vollsabberte.

Als ihre Nerven vom Warten schon völlig am Ende waren, hörte Kit Hufgeklapper und dann die Geräusche von mehreren Pferden, welche die Hauptstraße verlassen hatten und in ihre Richtung kamen. Ihr wurde klar, daß Trauerkloß besorgter gewesen sein mußte, als er sich hatte anmerken lassen, denn er war sofort aufgestanden und erwartungsvoll von einem Bein aufs andere getreten.

Ursa tauchte auf, und Kits Herz machte einen Sprung, als sie ihr eigenes Pferd hinter ihm hertraben sah. »Cinnamon!« rief sie glücklich und rannte los, um das Pferd ihres Vaters loszubinden und Cinnamon fest zu umarmen. »Wie hast du sie zurückbekommen?« fragte sie Ursa. »Wie –«

Noch während sie diese Frage stellte, nahm Kit einen weiteren Reiter wahr, der gleich hinter Ursa ritt und ein geschecktes Pony hinter sich herzog. Dieser Reiter hatte lange, offene sandfarbene Haare, die mit Federn geschmückt waren, trug eine bemalte Lederweste und ebensolche Armbänder. Am meisten überraschte Kit jedoch, daß es sich bei dem Fremden um eine junge Frau handelte.

Das neue Mitglied der Gruppe sprang graziös vom Pferd. Sie war ziemlich klein und von fast pygmäenhafter Statur, jedoch offensichtlich gelenkig und kräftig. Während sie Kit betrachtete, fingerte sie an dem Dolch in ihrem Gürtel herum.

»War nicht einfach«, prahlte Ursa, der ein meckerndes Gelächter ausstieß, während er sein Pferd abband. »Der Kapitän von dem Schiff, ich glaube, der wollte dein Pferd selbst behalten. Cinnamon wurde erstklassig behandelt. Sie haben sie die ganze Zeit bewacht, und ich konnte kaum in ihre Nähe kommen, ohne Verdacht zu erregen. Immerhin erfuhr ich, daß sie zweimal am Tag an Land gebracht und herumgeführt wurde. Ich hab mir gedacht, daß das Schiff höchstens eine Woche im Hafen liegen würde. Dadurch hatte ich Zeit für einen alten Trick.«

Als er sich zu Kit umwandte, merkte Ursa, daß sie finster die neue Frau anstarrte, welche ihrem Blick kühl begegnete.

»Oh«, sagte Ursa, der seine kleine Überraschung genoß. »Das ist Colo. Sie ist schon ein paar Monate mit Schlaukopf und mir unterwegs. Colo, das ist Kitiara – ich habe dir von ihr erzählt.«

»Mir hast du nichts von Colo erzählt«, sagte Kit verstimmt.

Die andere hielt ihrem Blick wacker stand.

»Colo ist zäh«, warb Ursa, »und eine gute Kämpferin. Frag Trauerkloß.«

Trauerkloß, der sich wieder hingesetzt hatte, murmelte etwas Zustimmendes.

Als Kit diese Information abwog, entspannte sich ihr Gesicht. »Kitiara Uth Matar«, sagte sie und streckte zur Begrüßung die Hand hin.

Colo schlug die Hand aus, musterte Kit noch einmal und lief dann ein paar Schritte fort, wo sie sich mit dem Rücken zum Lagerplatz hinhockte und sich an etwas zu schaffen machte. Als Kit ihr über die Schulter guckte, sah sie, daß die kleine Söldnerin dabei war, einen Becher mit Steinen und Knochen zu werfen, um deren Stellung zu deuten.

»Nicht sehr freundlich«, maulte Kit Ursa an, ohne es allerdings besonders ernst zu meinen. Der Söldner hatte sich auf einen Stein am Feuer gesetzt, das sie und Trauerkloß angezündet hatten. Kit goß sich Tee ein, den sie über den niedrigen Flammen warm gehalten hatten.

»Ist nicht deine Schuld«, sagte Ursa mit gerunzelter Stirn. »Sie ist davon überzeugt, daß wir unter einem schlechten Stern stehen.«

»Wie aufmunternd.«

Ursa fing an, seine Decke auszurollen. »Nur eine Pechsträhne«, sagte er, während sein Mund zu einer harten, dünnen Linie wurde. »Hat vor vier Monaten angefangen, als Radisson umkam und El-Navar verschwand. Seitdem sind wir ständig auf der Flucht. Konnten noch nichts wieder anfangen. Sie glaubt, daß wir verfolgt werden.«

»Verfolgt?« fragte Kit. »Von wem?«

»Wer es auch war, wir haben ihn abgehängt«, prahlte Ursa zuversichtlich. »Wir haben uns im Zickzack bewegt und unsere Spuren verwischt. Jetzt wendet sich das Glück. Schließlich konnte ich Cinnamon befreien, und das ist doch Beweis genug, nicht?«

»Was war denn mit Radisson – und El-Navar?« mußte Kit fragen. »Du hast mir nicht erzählt, was ihnen passiert ist.«

Er setzte sich ihr gegenüber auf einen Felsblock. Kit fiel auf, daß Trauerkloß sein Buch gesenkt hatte und genau zuhörte. Colo achtete nicht auf sie, sondern wandte ihnen immer noch den Rücken zu und befragte ihr Orakel.

»Wir waren vor einem unbedeutenden kleinen Ort auf der anderen Seite des Kanals und dreihundert Meilen südwestlich von hier. Radisson und El-Navar gingen in den Ort, weil sie etwas trinken wollten und« – jetzt beobachtete er Kits Reaktion genau – »weibliche Gesellschaft suchten. Sie gingen in die Taverne ›Doppelmünze‹. Die kennt jeder, ist in der Gegend ein alter Treffpunkt für Reisende. Dort hätten sie sicher sein müssen. Wir waren vierzig Meilen von jedem Feind entfernt, vierzig Meilen weit fort von unserem letzten Auftrag.«

»Aber es hatte Zeichen gegeben«, warf Trauerkloß ernst ein.

Kitiara war so überrascht, den traurigen Söldner mit so fester Stimme reden zu hören, daß ihr beinahe ihre Blechtasse ins Feuer fiel. Ursa, der sich gerade selbst Tee eingoß, nickte bei dem Kommentar.

»Ja. Jemand oder etwas ist uns gefolgt. Ich weiß nicht, wer oder warum. Es waren unbekannte Vögel am Himmel, und bei

Nacht gab es merkwürdige Geräusche. Ich hielt es für klüger, Menschen zu meiden und zusammenzubleiben. Aber Radisson wollte los und sich amüsieren, und El-Navar sagte, er wollte mitgehen.« Stirnrunzelnd hielt er inne. »Sie hätten sicher sein müssen. Radisson ist schlauer als die meisten anderen, und El-Navar ist so stark wie ein halbes Dutzend Mann zusammen.«

»Was ist passiert?« fragte Kit drängend.

»Wissen wir nicht.« Trauerkloß schüttelte trübsinnig den Kopf. »Wissen wir nicht.«

»Als sie nicht zurückkamen«, fuhr Ursa fort, »gingen wir in den Ort, um sie zu suchen. Die ›Doppelmünze‹ war dem Erdboden gleichgemacht – völlig zerstört. Es war, als hätte man das Haus entwurzelt, in Stücke gerissen und irgendwohin gesaugt.

Bis auf den Mittelpfosten war alles weg, und von dem baumelte Radissons Körper herunter. Er war nackt. Die Augen waren ihm aus den Höhlen gerissen, und sein Körper war über und über mit tausend kleinen Messerschnitten, Löchern und Zeichen bedeckt.«

»Und El-Navar?« Kit versuchte, ihre Stimme zu beherrschen, während in ihrem Gedächtnis Erinnerungen an den sehnigen Karnuthier aufstiegen. Sie dachte an seine tiefe, einschmeichelnde Stimme, die Schlangenhaare, seine sanfte Berührung, die Kraft des Panthers, die in ihm ruhte.

»Auch weg. Verschwunden. Kein Zeichen für seinen Tod, kein Hinweis, wo er sein könnte. Unsere Colo –«, er zeigte auf die Söldnerin, die mit ihrer Wahrsagerei beschäftigt war, »– ist eine gute Fährtenleserin. Sie konnte nichts finden.«

»Nicht einmal die Leute aus dem Ort konnten uns etwas sagen«, fügte Trauerkloß hinzu. »Sie wollten nicht. Sie hatten zuviel Angst, um zu reden.«

Nach dieser Bemerkung schwiegen sie lange. Ursa starrte in seinen Tee. Trauerkloß stand auf, ging zu seinem Gepäck und richtete seinen Schlafplatz her. Colo warf Ursa einen scharfen

Blick zu, ging dann zu ihrem Pferd und schnürte ihre Decke los.

»Wie schon gesagt«, meinte Ursa, ohne auf Colo zu achten, während er einen letzten Schluck Tee trank und den Rest auf den Boden schüttete, »unser Glück wendet sich. Wir hatten seit Wochen keine Schwierigkeiten mehr, und jetzt sind wir auf dich gestoßen.« Er grinste Kitiara auf altvertraute Art an. »Ein bißchen gewachsen und noch kampferfahrener, als ich mich erinnere.«

Sie erwiderte das Grinsen unwillkürlich.

»Wird gut sein, wieder zusammenzuarbeiten«, endete er.

»Was ist das für ein Auftrag, von dem du geredet hast?«

»Keine große Arbeit, aber sehr einträglich. Ungefähr vierzig Meilen nördlich von hier versetzt ein Slig eine Gemeinde in Angst und Schrecken. Der Ort heißt Kimmel.«

»Was ist denn ein Slig?« fragte Kit.

»Oh«, Ursa lachte. »Ein Slig ist eine besondere Erfahrung. Wirst du schon früh genug herausfinden. Hier» – er stieß ein paar Zweige und Äste ins Feuer – »du übernimmst die erste Wache. Weck mich zum Ablösen.«

Sie registrierte, daß er sich in die Nähe von Colo legte, die bereits schlief.

Eineinhalb Tage lang ritten sie nordwärts durch hügeliges Gelände, wobei sie immer der hingekritzelten Wegbeschreibung folgten, die Ursa in der Tasche hatte und die er hin und wieder befragte. Sie ritten über Nebenstraßen und schlammige Wege, bis sie am Abend des zweiten Tages auf einen Fluß mit starker Strömung trafen, dem sie flußaufwärts zu einem kleinen Bauernhof folgten, der nach der herrschenden Familie, den Kimmels, benannt war.

Die Spätherbsttage waren stürmisch, und die Nächte in dieser Höhe zunehmend kälter. Doch das Wetter blieb trocken, und Kit gefiel es, daß der nahende Winter in der Luft lag.

Merkwürdigerweise gefiel es ihr auch, wieder mit Ursa und Trauerkloß zusammenzusein, wie sie zugeben mußte. Ursa hatte sein großspuriges Auftreten wiedergewonnen, und sie hatte Spaß daran, wie er mit seinen Taten prahlte. Trauerkloß mit seinen langen, unergründlichen Schweigezeiten erinnerte sie an den armen, sprachlosen Stratke. Er war auch ebenso zugänglich geworden. Kit wunderte sich, was wohl aus El-Navar geworden war, doch sie konnte keinen ihrer alten Partner dazu bringen, mehr über den Karnuthier zu erzählen.

Colo war komisch – in mancher Hinsicht kriegerisch und männlich, in anderer schelmisch und weiblich. Sie schien nichts gegen Kitiara zu haben. Am ersten Abend an der Straße gab sie am Feuer einen wilden Tanz zum besten, bei dem sich alle vor Lachen die Seiten hielten. Sie ritt immer voran, denn ihre Augen konnten sehr weit sehen, behauptete Ursa.

Der Ort, den sie schließlich erreichten, war weniger eine Stadt als vielmehr eine Reihe Berggehöfte, die auf der Suche nach Gemeinschaft und Schutz aneinandergebaut worden waren. Die Einheimischen hatten ihre Ersparnisse zusammengelegt, um Söldner anzuheuern, die einen Slig erlegen sollten, der die Gegend heimsuchte, Essen stahl und nachts die Frauen erschreckte. Ein paar Bürger hatten versucht, den Slig zu bekämpfen, doch es handelte sich um ein wildes, durchtriebenes Biest, das sich von seinem Stamm getrennt hatte. Er war schwer zu verfolgen und noch schwerer in die Enge zu treiben.

In Vocalion hatte Ursa gehört, daß sich die guten Leute von Kimmel zusammengetan hätten und eine ordentliche Summe zahlen wollten, wenn jemand die Kreatur nachweislich erlegte.

Eine Stunde lang saßen die Söldner mit Vertretern der Bürgerschaft zusammen, die von ihrem Wachtmeister angeführt wurden, einem dummen Feigling, dem es offenbar darauf ankam, die Verantwortung für dieses Problem auf jemand anderen abzuwälzen. Ursa legte seine Empfehlungsschreiben vor, woraufhin sie ihm ihrerseits die Höhe der Belohnung bestätigten. Der ungefähre Aufenthaltsort des Quälgeists war gut bekannt. Der Slig wohnte irgendwo in den Sandsteinklippen am Flußufer in der Nähe des Waldrands.

In dieser Nacht campierten Ursa und die anderen wie gewöhnlich abseits der Stadt.

Ursa war in Stimmung wie einst Gregor. Am Lagerfeuer erzählte er Geschichten aus der Zeit, in der er mit einer Kompanie aufrechter Ritter von Solamnia herumgezogen war und so getan hatte, als wäre er einer von ihnen, bis man ihn wegen Sauferei und Frauengeschichten aus dem Regiment geworfen hatte. Wie bei den meisten Geschichten von ihm, konnte man sich nicht sicher sein, ob sie wirklich stimmte oder nicht, doch Kit, Colo und Trauerkloß hatten einiges zu lachen.

Sie legten sich früh schlafen. Colo verschwand in der Dunkelheit, um die erste Wache zu übernehmen. Seite an Seite auf ihren Decken liegend, blieben Ursa und Kit noch wach und teilten sich einen Krug Met aus dem Ort, den die dankbaren Bürger von Kimmel gestiftet hatten.

»Sligs sind hartgesottene Verwandte der Hobgoblins«, erzählte Ursa Kit als Vorbereitung auf den morgigen Tag. »Geh unbedingt immer dem giftigen Speichel aus dem Weg. Der Speichel bringt dich nicht um, aber er verbrennt dir die Haut, so daß du dir wünschst, du wärst tot. Bei Tag sehen sie schlecht, aber bei Nacht oder in Höhlen zielen sie gut.«

Irgendwann war der Krug leer. Der betrunkene Ursa legte größten Wert darauf, Kit zu erklären, daß die Beute für das Erlegen des Sligs gerecht geteilt werden würde – vierhundert Goldstücke, also hundert für jeden. Er tat sein Bestes, seinen einstigen Betrug wiedergutzumachen.

Die Kälte hier oben war schlimm. Kit folgte Ursas Beispiel und zog sich die Decke über die Ohren. Als sie einschlief, wußte Kit, obwohl sie nur seine Augen sehen konnte, daß Ursa sie mit einem frechen Lächeln auf den Lippen beobachtete. Sein schiefes Lächeln war ihrem eigenen gar nicht unähnlich.

Am Nachmittag des folgenden Tages belauerten sie den Slig von einem Hochsitz am Waldrand aus. Colo hatte seine Spuren gefunden und ihn seit dem späten Vormittag verfolgt. Kit hatte so etwas noch nie gesehen. Der Slig war sechs Fuß groß, hatte tief orangefarbene, verhornte Haut, einen Stummelschwanz, große, spitze Ohren und eine lange, dünne Schnauze mit gemeinen Fangzähnen.

Ursa hatte recht. Die Augen des Sligs waren nutzlose, schmale Schlitze, und er hatte wenig Lust zu kämpfen, wenn die Sonne am Himmel stand. Der Slig wich ihnen möglichst aus.

Zu Pferde konnten sie dem Slig in dieser dicht bewaldeten Gegend schlecht folgen. Daher suchten die vier sich einen Platz, wo sie die Tiere anbanden, um dann zu Fuß weiterzulaufen. Der Slig schien mit ihnen zu spielen, denn sein Weg führte zwischen Felsen und Bäumen hindurch, und er war immer gerade so weit voraus, daß einer von ihnen aufholen konnte, ehe er sich umdrehte, um den vordersten Verfolger anzugreifen.

Colo war die Hurtigste von den vieren, und sie stürmte vor, sprang über Büsche und brach durchs Dickicht, immer dem Slig auf den Fersen. Sie trug einen Speer, den sie erst an diesem Morgen hergestellt hatte, indem sie ihr bestes Messer an einen Stab gebunden hatte. So einfach er war, konnte dieser Speer vielleicht wirklich die Haut des Sligs durchstoßen. Aber zuerst mußte Colo zum Werfen nah genug herankommen.

Als sie auf einem kleinen Hügel stehenblieb, um Luft zu holen, drehte sie sich zu den anderen um. Ursa und Kit waren nur Minuten hinter ihr; Trauerkloß machte mühsam das Schlußlicht.

Kitiara trug Becks Schwert. Als Ursa die Waffe erkannt hatte, die Kit am Morgen herausgeholt hatte, hatten sie ein verschwörerisches Lächeln getauscht.

»Schneller!« rief Colo. Doch gerade als sie sie sahen, drehte sich die kleine Kriegerin um und schien vornüber zu taumeln. Sie hörten sie schreien und schimpfen, konnten sie aber nicht mehr sehen. Kit erreichte die Anhöhe zuerst, doch zum Glück war Ursa ihr dicht auf den Fersen und konnte sie gerade noch davor bewahren, ebenfalls in die Fallgrube auf der anderen Seite zu rutschen.

Als sie hinunterschauten, sahen sie Colo am Boden eines schleimigen, rechtwinkligen Lochs, das fünfzehn bis zwanzig Fuß tief sein mußte. Sie stand auf den Beinen und blickte voller Wut zu ihnen hinauf.

»Alles in Ordnung?« rief Ursa.

»Nichts gebrochen«, schrie sie zurück. »Aber der Boden dieser Fallgrube wimmelt vor Eidechsen, die vielleicht giftig sind. Ein paar habe ich getötet, und die anderen halten sich im Moment zurück, aber ich weiß nicht, wie lange noch. Holt mich hier raus!«

Kitiara sah geradeaus, wo sie nicht weit entfernt den Slig entdeckte, der sie beobachtete. Das Untier machte sein Riesenmaul auf und gab ein komisches, langgezogenes, schluckaufähnliches Brüllen von sich, bevor es sich umdrehte, um davonzuspringen.

»Er lacht«, sagte Ursa, der Kit an der Schulter berührte. »Mit dieser Fallgrube hat er uns einen Streich gespielt. Natürlich«, fügte er nüchterner hinzu, »würde er zurückkehren, um sie später zu fressen. Gut.« Er blickte auf. »Schlaukopf.«

Trauerkloß war angekommen und stand mit den Händen in den Hüften da, um die Situation einzuschätzen. Er hatte ein festes Seil dabei, das er schnell zum Boden der Fallgrube herunterließ. Colo griff eilig danach und wurde von den anderen mit vereinten Kräften nach oben gezogen. Als sie schließlich oben ankam, war sie mit Matsch und einem dicken gelben Schleim bedeckt.

Während sie ihre eigene Dummheit verfluchte, spritzte sie Wasser aus ihrer Feldflasche über ihren Kopf und wischte sich mit Stoffetzen ab, die sie von ihrem Mantel abriß. Die anderen warteten, bis Colo sich von dem Schleim befreit hatte.

»Hätte schlimmer sein können«, verkündete Ursa mit weiser Miene. »Sligs graben bekanntlich Fallgruben, die bis zu fünfzig Fuß tief sind, und im Boden stecken manchmal angespitzte Stöcke. Ich finde, du hast Glück gehabt.«

»Komisch«, sagte Colo, die einigermaßen fertig war, »aber das finde ich gar nicht.«

Die anderen bissen sich auf die Zunge, um bei Colos Anblick nicht zu lachen, denn sie wußten, daß die Fährtensucherin das überhaupt nicht witzig fand. Sie hatten kostbare Minuten verloren, und von dem Slig war nichts mehr zu sehen. Doch Colo hatte die Spur bald wieder gefunden, und bald waren die vier ihm wieder dicht auf den Fersen. Diesmal gaben sie besser acht und wichen den Fallgruben aus, die sich hin und wieder vor ihnen auftaten und mit Schlingpflanzen und Gras getarnt waren.

Gegen Abend hatten sie den Slig mit ihrer pausenlosen Verfolgung müde gehetzt, und das Monster hatte genau das getan, was sie gehofft hatten, nämlich sich in seinen Bau zurückgezogen, eine Höhle im Sandstein hinter einem Wasserfall. Dort drin war das Licht schwach, und der Slig fühlte sich hier zweifellos unbesiegbar. Er hockte da, starrte durch den Wasservorhang und brüllte trotzig, als sich die vier Söldner unten versammelten.

Ursa hatte einen Plan. Er hatte ein Bündel pechgetränkter Zweige mitgebracht, die er jetzt Colo und Trauerkloß aushändigte. Dann kündigte er an, daß sie den Slig mit hellem Feuer ablenken sollten, während er und Kitiara versuchen würden, auf das Monster loszuspringen und es umzubringen.

»Wieso Kitiara?« beschwerte sich Colo. »Ich bin schon länger bei euch als sie. Ich habe mehr Erfahrung.«

Kit wollte etwas zu ihrer Verteidigung anbringen, doch Ursa meinte scharf: »Du bist zu schlecht mit dem Schwert. Sie ist besser. Nur darum habe ich sie ausgesucht. Nimm deinen Speer mit. Du bist weiter weg und hast vielleicht eine Chance, ihn zu werfen.«

Kit konnte ein stolzes Grinsen nicht unterdrücken. Ursa wollte schon losgehen, doch dann fiel ihm etwas ein. »Denkt dran, worüber wir geredet haben«, erinnerte er sie alle. »Sligs sind intelligent. Der da wird uns zuhören, wenn wir angreifen, und versuchen, unsere Strategie zu durchschauen. Redet so wenig wie möglich miteinander. Redet lieber direkt mit dem Slig. Lenkt ihn durch Worte ab. Verwirrt ihn durch Sprechen.«

Kit war doch beeindruckt von Colos Mut, als die Söldnerin die Klippe neben dem Wasserfall hochkletterte und gefährlich nah an den Höhleneingang herankroch, wobei sie einen brennenden Ast vor sich hielt. Sie stieß damit in das dunkle Loch. Der Slig sprang brüllend auf sie los, griff das Feuer jedoch nicht an. Bald zog er sich tiefer in die Höhle zurück.

Der stets vorsichtige Trauerkloß stand auf der anderen Seite der Öffnung auf einem Felsvorsprung. Auch er schwang seine Fackel hin und her, wobei er ununterbrochen schrie und sang, um die Aufmerksamkeit des Monsters auf sich zu ziehen.

Nachdem der Slig abgelenkt war, schlugen Kit und Ursa unauffällig einen Bogen, bis sie halsbrecherisch an den glitschigen Felsen über dem Höhleneingang hingen. Auf ein Zeichen sprangen sie hinein. Der Slig warf sich auf sie, schmiß Ursa um und riß ihm die Schulter auf. Ursas Schwert fiel hin, doch es gelang ihm, aufzuspringen und es aufzuheben, bevor er an die Seite der Höhle eilte. Kit hatte sich an die andere Seite zurückgezogen, wo sie mit dem Rücken zur Wand stand.

Der Slig stand zwischen ihnen, und seine schlitzartigen Augen gingen nervös hin und her. Ihm machten auch noch die beiden Menschen am Höhleneingang zu schaffen, die Feuerstöcke schwenkten und auf ihn einbrüllten. Die Höhle war verräuchert, was das Atmen erschwerte.

»Ursa!« rief Kit besorgt.

»Es geht mir gut!« schrie er. Ursa arbeitete sich langsam zur Rückseite der Höhle vor, hinter den Slig.

»*Sket migutt*!« kreischte der Slig. »*Sket migutt*!«

Er macht Ursas Worte nach, dachte Kit, während sie lossprang und mit Becks Schwert angriff.

Als sie das tat, sprang der Slig geschickt zur Seite, so daß Kit seitwärts stechen und dann weit zurückweichen mußte. Jetzt konnte sie Ursa nicht mehr sehen, der weit hinten im Dunkel der Höhle verschwunden war. Colo war inzwischen auf Händen und Knien weitergekrochen, wobei sie ihre brennende Fackel hochhielt.

Der Slig warf der Pfadfinderin einen verächtlichen Blick zu und konzentrierte sich dann ganz auf Kitiara. Seine Augen fixierten sie, und sie sah gebannt in seine fiebrig weißen Pupillen. Kit hielt drohend ihr Schwert hoch, fragte sich aber dabei, ob sie im Zweifelsfall überhaupt ihre Beine bewegen konnte.

Trauerkloß stieß einen Wortschwall aus, woraufhin das Gesicht des Sligs zuckte. Er war kurzfristig abgelenkt. Doch ehe Kit zu sich kommen konnte, hatte der Slig sich wieder umgedreht und bannte sie wieder mit seinem schwefligen Blick.

»Paß auf!« hörte Kit gerade noch, bevor sie von Colo umgeworfen wurde. Als Kit zur Seite rollte, merkte sie, daß der Slig einen Schwall seines giftigen Speichels auf sie gespuckt hatte. Doch statt dessen hatte er Colo getroffen, die Kit aus dem Weg gestoßen hatte. Jetzt brüllte die Pfadfinderin vor Schmerzen und wälzte sich auf dem Sandboden der Höhle.

Nachdem Kit mühsam auf die Beine gekommen war, hatte sie gerade noch Zeit, Colos Lage zu begreifen, bevor der Slig angriff. Er holte einmal mit seinem großen Arm mit den hakenartigen Klauen aus und warf sie um. Im Fallen ließ Kit ihr Schwert los, das von ihr fortrutschte.

Als der Slig auf die hilflose Kit zusprang, blieb er plötzlich stehen und stieß ein gräßliches Jaulen aus. Auf der Stelle fuhr er herum, und beim Davonkriechen sah Kit, daß sein kurzer

Schwanz abgeschlagen war und auf dem Boden zuckte. Der Slig hüpfte auf Händen und Füßen herum und kreischte vor Qual.

Ursa tanzte vor ihm herum und stieß mit dem Schwert nach dem Untier. Er hatte die braunen Haare nach hinten geworfen, und seine dunklen Augen glänzten vor Entschlossenheit.

Trauerkloß, der auf den Sims zur Höhle geschlüpft war, trat vor und warf ein schweres Netz über das Monster.

Der Slig warf den Kopf zurück, brüllte wütend und versuchte, das Netz abzuschütteln. Sofort wich Trauerkloß zurück, um sich an den Sims zu klammern. Ohne seinen Schwanz schien der Slig das Gleichgewicht nicht richtig halten zu können, deshalb torkelte er auf Ursa zu, wobei er vergeblich, aber mit Wucht mit seinen dicken, muskulösen Armen ausholte.

Kit warf einen Blick zu Colo, die zitternd und stöhnend auf dem Boden kauerte. Da war nicht viel zu machen, nicht jetzt. Kitiara huschte zu ihrem Schwert, das auf der Erde lag, und konnte es aufheben.

Ursa war nicht zurückgewichen, und Kit war von seiner Kraft, seinem Mut und seiner Entschlossenheit beeindruckt. Der Slig griff den Söldnerführer wütend an, doch Ursa ließ nicht locker. Dann stolperte der Slig, und Ursa sprang hin und stieß ihm das Schwert tief in die Seite. Eine schwarze Flüssigkeit strömte heraus.

Der Slig fuhr tobend herum und schlug Ursa ins Gesicht, doch der Söldner ließ sein Schwert nicht los und stieß es mit übermenschlicher Anstrengung noch tiefer hinein. Zugleich kam Kit von hinten herangesprungen, um dem Slig ihre eigene Waffe tief ins rechte Bein zu stoßen. Augenblicklich zog sie das Schwert wieder heraus und rammte es dem Untier dann in den Leib.

Der Slig fuhr so abrupt zurück, daß Kitiara loslassen mußte. Er geriet ins Taumeln und fiel vornüber, wobei er Ursa umriß und auf sein rechtes Bein kippte. Trauerkloß stürzte los und half Kit, ihren Anführer unter dem toten Slig herauszuziehen.

Einen Augenblick später setzte sich Ursa mit zaghaftem Lächeln auf dem Gesicht auf. Über seinen Schultern zog sich ein blutiger Riß, und sein Gesicht war zerschlagen und zerkratzt. Doch er konnte sein Bein ohne allzu große Schmerzen anwinkeln und auch stehen.

Auf der anderen Seite der Höhle kümmerte sich Trauerkloß bereits um Colo. Er hatte ihr die Kleider heruntergerissen und rieb ihren Körper mit einer seiner Tinkturen ab. Ihr Stöhnen hatte aufgehört, doch hin und wieder schrie sie vor Schmerz auf. Das Wälzen auf dem Boden war nicht nur ein Reflex gewesen, sondern Colo hatte dadurch die Wirkung des Speichels verlangsamt. Von Ursa wußte Kit, daß das Gift eines Sligs wie ein ganzer Bienenschwarm stach, doch wenn man es schnell behandelte, konnte man die Wirkung abschwächen.

Der häßliche Slig lag verrenkt und regungslos in einer dunklen Pfütze aus fauligem Blut, dessen Gestank Kit in die Nase stieg. Als sie ihn betrachtete, fragte sie etwas außer Atem: »Was jetzt?«

»Wir schlagen ihm den Kopf ab, um zu beweisen, daß wir ihn getötet haben«, sagte Ursa.

Sie und Ursa machten sich mit ihren Schwerten an die Arbeit. Sie hatten einiges zu tun, denn die orangefarbenen Schuppen des Sligs und seine dicken Halsmuskeln waren so hart wie Stein. Nur daß aus diesem speziellen Stein eine stinkende schwarze Masse Blut und Innereien quollen.

Nachdem Ursa sich dieser grausigen Arbeit eine Weile gewidmet hatte, stand er müde auf. Der Auftrag war erfüllt. Er hatte ein Seil um den Kopf des Sligs gebunden, damit sie ihn aus der Höhle herunterlassen konnten und die schwere, triefende Trophäe nicht tragen mußten.

Kit ging zu Colo, die auf einem Stein saß. Ihre Haut war überall gerötet und hatte Blasen geworfen, und bis auf die

Salbe und die Decke, die Trauerkloß ihr locker umgelegt hatte, war sie nackt.

»Danke«, sagte Kit verlegen. »Wenn du nicht gewesen wärst …«

Ursa kam ebenfalls an und grinste Colo an. »In ein paar Stunden läßt der Schmerz nach«, sagte er und fügte hinzu: »Falls Schlaukopf seine Sache versteht.«

Selbst unter diesen widrigen Umständen staunte Kit über Colos geschmeidige, sinnliche Gestalt. Die Söldnerin heuchelte keinen falschen Anstand. Colo zog die Decke unter ihren Blicken kein bißchen enger. Mißmutig sah sie zu ihnen hoch und wandte ihr verstimmtes Gesicht Ursa zu.

»Schleim und Spucke«, murmelte sie fluchend. »Das war nicht mein Tag.«

Sie zimmerten einen einfachen Flaschenzug zurecht, mit dem sie den blutigen Kopf des Sligs – so groß und schwer wie ein Felsblock – auf den Boden unterhalb des Wasserfalls hinabließen. Das dauerte seine Zeit. Inzwischen war die Dämmerung vorüber, und die Nacht senkte sich rasch über sie. Ursa zerrte den Kopf des Sligs ein paar hundert Fuß weit auf eine kleine Lichtung, wo er das Seil hinwarf.

»Wir können genausogut hier lagern«, sagte der Söldner, während er sich kläglich die Wunde an seiner Schulter rieb.

»Und die Pferde?« fragte Colo, die immer noch in die Decke gehüllt war.

»Ich hole sie«, sagte Trauerkloß und brach in die Richtung auf, aus der sie gekommen waren.

»Ich helfe dir«, bot Kit an und wollte ihm folgen.

Trauerkloß winkte ab und verschwand im dunklen Wald.

»Der kommt schon zurecht«, sagte Ursa.

»Was machen wir mit, hm, dem Ding da?« fragte Kit, die mit dem Finger auf den scheußlichen Kopf des Sligs zeigte.

»Ach«, sagte Ursa, »der läuft uns nicht weg.« Mit Anstrengung hob er die blutige Trophäe hoch und steckte sie auf das Ende eines kurzen, dicken Astes, der aus einem Baum herausragte. Da baumelte sie ziemlich schief wie eine groteske Kürbismaske.

»Davon bekommen die Eulen Alpträume«, sagte Colo und schüttelte sich.

»Hält auf jeden Fall die Krähen ab«, grinste Kit.

Ursa lachte lauthals. Nach dem erfolgreichen Kampf waren sie alle aufgedreht. Ursa pfiff ein Lied, während er seine Schulter verband. Danach machte er Feuer. Colo ging es schon besser. Sie bestand darauf, sich etwas anzuziehen und die Umgebung nach etwas Eßbarem zu durchforsten. Die wilden Beeren, die sie dabei fand, ergänzten die Fleischstreifen, die Ursa mitgebracht hatte.

Nach dem Essen begannen sie, ihre Schwerter zu putzen. Colo suchte mehr Salbe, wozu sie im Gepäck von Trauerkloß herumkramte, das dieser zurückgelassen hatte. Kitiara hatte ihr Schwert gerade fertig poliert und war dabei, es in ein paar große, trockene Blätter einzuwickeln, als Ursa leise bemerkte: »Ich frage mich, wo Schlaukopf bleibt. Er ist schon ziemlich lange fort.«

Bevor einer von ihnen etwas entgegnen konnte, erklang eine Stimme aus dem Wald, und sie hörten um sich herum verstohlene Geräusche.

»Bleibt, wo ihr seid«, sagte die Stimme.

Kit merkte, daß von den Rändern her ein naßkalter Nebel in die Lichtung eingedrungen war, der sich aufblähte und zunahm. Aus diesem Nebel trat ein Dutzend Männer, zwei oder drei in gewöhnlichen Tunikas, die anderen von Kopf bis Fuß bestens gerüstet. Die Männer sagten nichts, sondern standen nur da und verlagerten hin und wieder ihr Gewicht. Die Rüstungen bestanden aus flachen Helmen mit kleinen Augenschlitzen und Luftlöchern. Die Kämpfer waren mit einem ganzen Arsenal von Waffen beladen, einschließlich verzierten

Streitkolben und Streitäxten, dazu einfache Armbrüste, Schilde, Dolche und Schwerter.

Ursa versuchte, zu seinem Schwert zu gelangen, das an einem Felsen lehnte, doch daraufhin kamen mehrere Netze aus dem Nebel geflogen, die ihn einwickelten. Sie fielen so engmaschig über ihn, daß er das Gleichgewicht verlor und hinfiel.

Zwei der Männer in Rüstung traten klirrend vor und nahmen Ursa in die Mitte. Er konnte sich kaum bewegen, geschweige denn einen Kampf anzetteln. Kit kämpfte heftig gegen den Drang an, ihm irgendwie zu helfen. Bevor man ihn mit einem Lederriemen knebelte, gelang Ursa der Ausruf: »Vergeßt mich! Bringt euch in Sicherheit!« Sein Gesicht war angespannt und weiß vor Angst.

Zwei von den übrigen Männern marschierten los, griffen sich Kitiara und Colo und fesselten sie Rücken an Rücken aneinander. Colo wehrte sich und trat um sich, doch das brachte ihr nur einen kräftigen Schlag in die Seite ein. Kits Gedanken überschlugen sich, während sie versuchte, ihren Kopf klar zu bekommen – wer waren diese neuen Gegner? Was konnte sie tun, um sich zu befreien?

Die Wache, die Kit am nächsten stand, war so vollständig in Metall gehüllt, daß sie nicht feststellen konnte, ob unter der Rüstung ein Mensch oder ein Geist steckte. Der, der Colo bewachte, hatte keine Rüstung. Er sah ganz gewöhnlich aus – ein kräftiger, bärtiger Bauer mit vernarbtem Gesicht und finsteren Augen.

Jetzt sah Kit, daß drei weitere Männer aus dem Nebel getreten waren, um sich der ersten Gruppe anzuschließen. Sie erkannte, daß es sich um die Anführer dieses Überfalls handelte. Zwei waren Elfen – oder Halbelfen, wie Kit aus ihrer Körperhaltung schloß –, der dritte war ein Magier in schwarzer Robe, der abseits stand. Seine Augen glänzten vor Konzentration, seine Lippen bewegten sich, die Hände flatterten.

»Nein. Bindet die Schwarzhaarige los. Die kommt mit uns«,

sagte einer von den Elfen, wobei er auf Kitiara zeigte. »Bringt die andere um.«

»Aus welchem Grund?« fragte der andere Elf.

»Sie hat das Schwert«, sagte der erste Elf. »Darüber soll sie Rede und Antwort stehen.«

Er trat vor und suchte mit den Augen die Lichtung ab. Becks Schwert, das sie gerade in frische Blätter gewickelt hatte, lag Kit zu Füßen. In der Dunkelheit war es gut getarnt. Der Elf kam stirnrunzelnd einen Schritt näher, sah es jedoch nicht.

Kit konnte ihn genauer ansehen. Es war der Dunkelelf, der sie an Bord der *Silberhecht* beobachtet hatte. Irgendwie hatte er ihre Spur aufgenommen und war ihr gefolgt. Aber weshalb?

»Wir müssen es finden«, sagte der Dunkelelf nervös.

Der Nebel, der sie umgab, war jetzt so dick, daß Kit kaum weiter als ein Dutzend Schritte sehen konnte. Sie konnte Ursas Stöhnen hören, als dieser hochgezerrt wurde. Colo flüsterte hinter ihr:

»Mach dich bereit!«

Bereit wozu?

Der Bauer, der Colo bewachte, zog seinen gebogenen Dolch.

Der Nebel war beinahe erstickend. Aber zusätzlich begann er zu pulsieren und immer schneller zu wirbeln, wodurch ein Wind entstand, der in atemberaubendem Tempo blies. Ein tiefer, fast heulender Ton wurde zu Getöse und dann zu ohrenbetäubendem Brüllen. Ein so fürchterliches Brüllen, daß Kits einziger Gedanke nicht der Flucht galt, sondern dem Wunsch, ihre Hände zu befreien, damit sie sich die Ohren zuhalten konnte. Blätter und Äste rissen ab und flogen an ihr vorbei. Staub und Steinchen schlugen ihr ins Gesicht.

Dennoch vernahm sie merkwürdigerweise noch das gedämpfte Murmeln des Zauberers.

Kit merkte, wie die Gewalt eines starken Sogs ihre Füße vom Boden hob. Irgendwer stöhnte auf, dann hörte sie einen Körper auf den Boden fallen. »Jetzt!« schrie Colo ihr ins Ohr.

Ganz plötzlich war Kit frei. Sie bückte sich, um nach ihrem Schwert zu tasten, fand es und wollte dorthin, wo Ursa zuletzt gewesen war, den Kit nicht mehr sehen konnte. Der Wirbelsturm riß ihr die Füße fort, und sie kam flach auf dem Boden zu liegen. Colo packte Kit von hinten und hielt sie unten, als diese wieder aufstehen wollte.

»Sei nicht blöd!« schrie Colo ihr ins Ohr, um das Brüllen zu übertönen. »Bleib unten. Wälz dich so schnell wie möglich hier lang!«

Kitiara konnte die Söldnerin vor sich kaum erkennen, die sich wälzend, kriechend und schlängelnd nach rechts schob.

Auf einmal explodierte der Mahlstrom zu voller Kraft und sog alles in sich hinein. Obwohl Kit versuchte, Colo zu folgen, wurde sie auf die Lichtung zurück und – noch schlimmer – nach oben gezogen. Ihre Finger krallten sich in die Erde. Vergeblich. Alles mögliche fegte an ihr vorbei nach oben – Waffen und Pferde und um sich schlagende Körper.

Der Kopf des Sligs.

»Halt dich fest!« gellte Colos Stimme in ihren Ohren.

Die zierliche Kriegerin hatte sich in einen schmalen Graben geworfen, wo sie sich mit einem Arm an einer dicken Wurzel festhielt. Mit der anderen Hand ergriff sie Kits Knöchel. Die Macht des Orkans war so gewaltig, daß die Körper der beiden Frauen zu einer geraden Linie auseinandergezogen wurden.

Kit hörte überall um sich herum Männer schreien. Sie mußte die Augen schließen, weil so viel Dreck und Staub herumwirbelte. Nur unter schmerzhaftem Keuchen gelang es ihr, überhaupt Atem zu holen. Aber die ganze Zeit fühlte sie Colos festen Griff um ihren Knöchel.

Ein Stein wirbelte hoch und traf Kitiara genau an der Schläfe. Sie wurde ohnmächtig. Das letzte, was sie hörte – oder zu hören glaubte –, war eine gewaltige Explosion.

Kapitel 6

Mantillatal

Kitiara erwachte, weil ihr kaltes Wasser ins Gesicht geschüttet wurde. Sie lag am Flußufer auf dem Rücken und blickte Colo ins Gesicht, die neben ihr hockte. Mit den hohlen Händen hatte die andere bereits die nächste Ladung geschöpft. Kit schreckte hoch, als ihr alles wieder einfiel – die Sligjagd, der Überfall, der zerstörerische Wirbelsturm.

»Pst!« flüsterte Colo.

Kit stützte sich auf die Ellenbogen. Die Umgebung kam ihr nicht besonders bekannt vor. »Wo bin ich?« fragte sie.

»Ungefähr eine halbe Meile hinter unserem Lager«, sagte Colo immer noch flüsternd.

»Wie ...?«

»Ich mußte dich schleppen! Jetzt sei still, sonst verrätst du uns!«

Benommen hörte Kit etwas weiter entfernt im Unterholz Schritte, gedämpft streitende Stimmen und sich entfernende Pferde. Nach einer halben Ewigkeit wurden die Geräusche leiser, und sie und Colo waren schließlich von Schweigen umgeben.

»Was –«, setzte sie wieder an.

»Still«, befahl Colo, die Kit nachdrücklich die Hand auf den Mund legte. »Schlaf jetzt. Morgen früh ...«

Sie versteckten sich hinter ein paar Steinen. Colo deckte Kit mit einer Lage Äste und Blätter zu, damit sie nicht so leicht zu entdecken war, und tarnte sich dann selbst ähnlich. Als Kitiara bei dem Versuch, die Ereignisse irgendwie in die richtige Reihenfolge zu bringen, einschlief, war sie sich bewußt, daß Colos wachsame Augen aus dem Versteck in die Nacht spähten.

Am anderen Morgen wachte Kit früh auf. Colo hockte neben ihr, warf ihre Würfel und murmelte in sich hinein.

Sie waren am Rand des Waldes in der Nähe der Flußbiegung, wo die vier Söldner am Vortag die erste Spur des Sligs gefunden hatten. Die Bedrohnung bestand offenbar nicht mehr, denn Colo gab sich keine Mühe, nicht gesehen zu werden.

»Was war das für eine Bande? Was haben sie mit Ursa gemacht?« fragte Kit drängend. »Kannst du mir bitte sagen, was passiert ist? Wieso hat dieser Zauber einen Wirbelsturm heraufbeschworen?«

»Weiß ich nicht.« Colo unterbrach ihre Wahrsagung und antwortete unwirsch.

»Wie hast du – haben *wir* – es geschafft zu entkommen?«

Colo lächelte listig. »Als sie uns überraschten, hatte ich meine Hand in Schlaukopfs Tasche und konnte mir einen von seinen Giftpfeilen schnappen. Ich wußte ja, daß er sie dabei hatte. Der war so klein, daß ich ihn in meiner Hand verbergen und in den Mund schieben konnte. Ich habe auf den richtigen Moment gewartet, als nämlich der blöde Kerl, der mich töten sollte, seine Waffe zog. Dann habe ich ihm den Pfeil ins Gesicht gespuckt. Das Gift wirkt schnell, und in dem Durcheinander konnten wir entkommen. Ein paar von ihnen haben hinterher versucht, uns zu finden, was ihnen aber nicht gelang, weil ich dich flußabwärts gezogen habe.«

»Wo sind sie jetzt?«

»Ich glaube, sie haben aufgegeben«, sagte Colo. »Jetzt können wir sie verfolgen.« Sie war zum Flußufer gegangen und beugte sich hinunter, um mit den Händen Wasser zu schöpfen. »Trink etwas«, wies Colo Kit an. »Das wird dir guttun.«

Beide tranken, bis der Durst gestillt war. Colo hielt es für das beste, sich tagsüber vom Fluß fernzuhalten und in einem weiten Bogen durch den Wald zu der Stelle zurückzukehren, wo die Windhose entstanden war.

Sie hatten nur ein Schwert – das von Beck –, welches Kitiara die ganze Zeit über hatte festhalten können. Auf ihrem Weg durch den Wald trugen sie es abwechselnd und hackten sich damit den Weg frei, wenn er vom Unterholz versperrt war.

Nach einem kurzen, aber anstrengenden Marsch durch den Wald erkannte Kit die Gegend, wo sie am Vortag die Pferde angebunden hatten. Hier standen majestätische Bäume mit gelben Blättern. Einige Lichtungen waren voller Steine. Als sie auf eine solche Lichtung traten, blieben sie und Colo wie angewurzelt stehen: Ein schrecklicher Anblick erwartete sie.

Schlaukopf – oder Trauerkloß – baumelte an einem hohen Baum. Sein Körper war nackt, jedoch von Schnitten, Eiter und Blut überzogen. Sein Gesichtsausdruck war regelrecht friedlich, doch die Augen waren herausgeschnitten. Sie lagen unter ihm auf dem Boden, wo ein paar Vögel daran gepickt hatten.

Daneben lag die treue Cinnamon ausgestreckt und gräßlich ausgeschlachtet auf der Erde. Sie lag mit offener Flanke auf der

Seite, so daß ihre Gedärme in der Sonne verfaulten. Trauerkloß war getötet worden, bevor man ihn aufgehängt hatte, aber Cinnamon war langsam gestorben und qualvoll verblutet, während die Aasfresser des Waldes schon über sie hergefallen waren.

Kitiara konnte den Anblick nicht ertragen. Sie fiel auf die Knie, bedeckte ihr Gesicht mit den Händen und kämpfte gegen die in ihr aufsteigende Übelkeit an.

Colo schlich vor, wobei sie sich aufmerksam umsah. Als sie Cinnamon erreichte, versetzte die Waldläuferin dem toten Tier einen festen Tritt, scheuchte jedoch nur Fliegen auf. Sie stieß auch Trauerkloß an. Obwohl der Mann mit dem traurigen Gesicht wie verrückt hin- und herpendelte, machte er keine weitere Bewegung und kein Geräusch. Schlaukopf war schon seit Stunden tot.

Nachdem sie sicher war, daß niemand in der Nähe war, stapfte Colo zu Kit zurück und stieß sie von hinten an.

»Was soll das?« fuhr Kit hitzig auf und sprang mit wütender Miene hoch.

»Wir haben keine Zeit für solchen Schulmädchenkram«, sagte Colo ärgerlich.

»Das war das Pferd meines Vaters«, flüsterte Kit.

»Na und? Wer ist dein Vater?«

»Gregor Uth Matar«, sagte Kit niedergeschlagen. Ihr Vater schien jetzt weiter entfernt denn je.

Bei dieser Mitteilung wirkte Colo überrascht. »Der, mit dem Ursa geritten ist?«

»Ursa?« erwiderte Kit noch erstaunter als ihre Begleiterin. »Was meinst du damit? Er hat mir nie etwas davon erzählt, daß er mit meinem Vater geritten ist.«

»Was weiß ich«, meinte Colo vorsichtig. »Vielleicht irre ich mich auch. Ich bringe oft Namen durcheinander.«

»Erzähl mir, was du weißt«, drängte Kit.

»Ich weiß gar nichts«, wehrte sich Colo. Sie stand Kitiara

Auge in Auge gegenüber und ließ sich nicht im geringsten einschüchtern.

Obwohl Kit gerne weitergebohrt hätte, mußte sie zugeben, daß sie Colo vertraute, die ihr das Leben gerettet hatte, und das schon zweimal. Vielleicht irrte Colo sich wirklich. Und überhaupt – wie konnte Ursa mit ihrem Vater geritten sein und es nie erwähnt haben?

»Wir haben jetzt sowieso keine Zeit für so etwas«, wiederholte Colo.

»Was soll das heißen?«

»Dein Pferd haben sie getötet, die anderen aber nicht. Das bedeutet, daß noch drei Pferde frei im Wald herumlaufen könnten. Wir müssen mindestens eins von ihnen einfangen, wenn wir eine Chance haben wollen, sie einzuholen.«

Kit dachte einen Augenblick nach. »Wenn die Banditen sie nicht mitgenommen haben, sind die Pferde wahrscheinlich unserem Geruch gefolgt und beim Wasserfall und der Slighöhle angekommen. Das heißt, wenn wir immer in diese Richtung gehen, ist es gut möglich, daß sie uns über den Weg laufen.«

»Richtig«, sagte Colo und ging wieder auf den Wald zu. Kit warf noch einen letzten Blick zurück auf Trauerkloß und Cinnamon. Colo drehte sich um. »Kommst du?«

»Ja«, sagte Kit und eilte ihr nach.

Nachdem sie zwei Stunden langsam vorgedrungen waren, gelangten sie zu dem Hügel in Sichtweite des Wasserfalls, dem Ort, wo sie am Abend zuvor gelagert hatten und angegriffen worden waren.

Der Anblick, der sie erwartete, war noch unheimlicher als der auf der anderen Lichtung. Die Bäume hier waren abgeknickt, verdreht, ja, sogar entwurzelt. Doch der Boden war von Steinen, Blättern und allem anderen wie leergefegt. Über dem ganzen Ort hing ein durchdringender Gestank.

Es gab keine Spur von Ursa oder dem Kopf des Sligs oder der Wache, die Colo getötet hatte, keine Spur von irgend jemandem oder irgend etwas vom Vortag. Der Ort war nicht zerstört, nur merkwürdig leer.

»Was hat das zu bedeuten?« fragte Kit nervös.

Colo stapfte herum und versuchte, irgendwelche Spuren zu erkennen. »Mächtige Magie. Böse Magie. Ich glaube, sie waren hinter Ursa und – aus welchem Grund auch immer – hinter dir her. Dieser große Zyklon war ein magischer Wind. Er hat ihn und alles andere mitgenommen.«

»Er muß einen mächtigen Zauberer zum Feind haben«, überlegte Kit staunend. Sie dachte über Colos Worte nach und fragte sich, warum jemand hinter ihr hersein sollte.

»Oder jemanden mit genug Geld, um einen mächtigen Zauberer zu bezahlen«, ergänzte Colo nachdenklich. Plötzlich legte sie den Kopf schief. »Hast du das gehört?«

»Was gehört?« fragte Kit.

»Da ist es wieder!« rief Colo und rannte eilig in den Wald. Kit mußte so schnell laufen, wie sie konnte, und über Äste und Felsen springen, um sie nicht aus den Augen zu verlieren. Sie stürmte auf eine Lichtung, und vor ihnen stand friedlich grasend der Maulesel von Trauerkloß. Er scheute vor ihnen, doch Colo hielt ihn fest. Nachdem sie ihm beruhigend den Kopf gestreichelt hatte, stieg sie auf und streckte dann Kit den Arm entgegen, um sie hinaufzuziehen.

Sie mußten den ganzen Nachmittag in immer weiteren Kreisen reiten, bis sie eine Spur fanden, obwohl sie nicht begriffen, warum die Spur auf nur zwei Pferde hindeutete, die nach Westen zogen.

Eine weitere Stunde später wurde es dunkel, doch Kit und Colo ritten weiter. Sie hatten nur Becks Schwert für beide, so daß Kitiara sich nicht nur fragte, wem sie eigentlich folgten, sondern auch, was sie machen sollten, wenn sie die anderen einholten. Weit nach Mitternacht sahen sie vor sich ein Lagerfeuer. Sie stiegen ab und krochen auf Händen und Knien voran.

Als sie sich näherten, sah Kit, daß es die zwei Dunkelelfen waren, die sich stritten. Noch näher dran, konnte Kit einzelne Worte verstehen. Sie stellte fest, die beiden stritten sich über sie – »das Schattenmädchen«, wie einer der zwei sie nannte – und darüber, wer die Schuld für ihr Entwischen trug.

»Wenn du es auf meine Art gemacht hättest –«

»Du warst einverstanden!«

»Tja, du wirst es erklären müssen.«

Colo legte einen Finger an die Lippen und schlug einen Bogen nach rechts. Kit hatte keine Ahnung, was sie vorhatte, hielt jedoch ihren Schwertgriff fest umklammert und wartete auf irgendein Signal.

Colo tauchte hinter den Elfen auf und sprang mit so atemberaubender Geschwindigkeit auf sie zu, daß Kit zurückschreckte. Die Waldläuferin hatte einen großen Stein in der Hand. Sie warf sich von hinten auf den einen Dunkelelfen und schlug ihm mit dem Stein auf den Kopf, wobei man ein scheußliches Knacken hörte.

Noch während sie das tat, sprang Kit aus ihrer Deckung und stürzte mit einem Schlachtruf los. Der andere Elf war aufgesprungen und hatte nach seinem Dolch gegriffen. Er stürmte Kit entgegen, doch die hatte den Vorteil der Überraschung und die längere Reichweite. Mit einem einzigen Hieb schlug sie ihm das Messer aus der Hand und stieß ihm die Waffe in die Brust. Er fiel tot um.

Innerhalb von Sekunden war alles vorbei. Kit sah zu, wie Colo ihr bewußtloses Opfer entwaffnete und ein Messer und mehrere Beutel an ihrem Gürtel festmachte. Mit zufriedenem Grinsen sah sie Kitiara an.

»Was jetzt?« fragte Kit, die ihr Schwert abwischte.

Colo setzte sich auf einen Baumstumpf und biß in die Rehkeule, die über dem Feuer briet.

»Wir warten«, sagte sie mit einer Handbewegung zu dem Elfen, den sie niedergeschlagen hatte, »bis der da aufwacht.«

Irgendwann kam der Dunkelelf benommen zu sich. Als er Colo und Kit über sich stehen sah, verhärtete sich sein Gesichtsausdruck. Er mühte sich ab, in eine sitzende Haltung zu kommen. Colo hatte ihm die Hände und Füße gefesselt und ein Seil um seinen Hals gelegt, das sie an einem starken Ast befestigt hatte, so daß er sich nicht weit bewegen konnte, ohne sich selbst zu erwürgen.

Es war der Elf, den Kit auf der *Silberhecht* gesehen hatte. Zum ersten Mal sah Kit ihn aus der Nähe – das mandelförmige Gesicht, die langen, spitzen Ohren, der hochmütige Ausdruck. Der Dunkelelf zeigte keine Furcht, sondern starrte sie dreist an, während er versuchte aufzustehen.

Colo schlug ihm einfach ins Gesicht, woraufhin Blut von seiner Lippe tröpfelte. Es gab eine lange Pause, bis der Dunkelelf langsam seine Zähne zu einem bitteren Lächeln fletschte. Colo schlug ihn wieder.

»Wo ist er? Wo sind sie hin?« wollte sie wissen.

»Weit fort von hier«, antwortete er gepreßt.

»Wie?« fragte sie.

»Zauberwind.«

Colo nickte Kit zu.

»Warum seid ihr nicht mitgegangen?« fragte sie.

»Weil wir das Mädchen verloren hatten«, sagte er mit einem Nicken zu Kit.

Kits Augen wurden größer. »Du hast mich schon auf dem Schiff verfolgt, oder?« bohrte sie.

»Nein«, sagte er. »Das war Zufall. Ich bin niemandem gefolgt. Aber dann habe ich das Schwert bemerkt, das Patrick trug.«

»Du hast ihn umgebracht!« herrschte Kit ihn an.

Jetzt hörte Colo mit großen Augen zu, während sie versuchte, alles zusammenzusetzen.

»Ich habe ihn umgebracht«, sagte der Dunkelelf, »und ich wollte das Schwert stehlen, doch ich wurde gestört. Das

Schwert verschwand, und mir wurde klar, daß du es genommen hattest. Ich dachte, du wärst ertrunken, aber nachdem dein Pferd gestohlen wurde, reimte ich mir alles zusammen. Ich hätte nicht Patrick umbringen müssen, sondern dich. Wer bist du überhaupt?«

»Kitiara Uth Matar«, sagte sie stolz. »Sagt dir das etwas?«

Das sagte ihm gar nichts, verriet sein Gesicht. Er hatte ihren Namen noch nie gehört.

»Was wollt ihr von Ursa?« Colo nahm das Verhör wieder auf.

»Ich persönlich überhaupt nichts«, sagte der Elf hochmütig. »Meine Herrin hat gut für ihn bezahlt. Für die da würde sie mehr zahlen.«

»Wer ist deine Herrin?« wollte Kitiara wissen.

»Luz Mantilla. Eine Adlige, die sich an denen rächen will, die ihren Geliebten ermordet haben.«

»Lady Mantilla!« rief Kit aus.

»Du hast von ihr gehört«, sagte der Elf befriedigt. »Sie ist eine Verrückte, die genug Geld hat, um Dutzende von Zauberern, Spionen und Assassinen zu beschäftigen. Ihr Leben hat sie der Suche nach den Söldnern gewidmet, die ihren Verlobten überfallen und ermordet haben, einen unschuldigen Edelmann. Es waren fünf. Wir konnten bisher immer nur vier benennen. Wir wagten nicht, ohne den fünften zurückzukommen – und das bist du. Kitiara Uth Matar.«

»Zurückkommen, wohin?« fragte Colo.

Der Dunkelelf sprach mit beinah bösartigem Triumph. »In ein kleines, einstmals blühendes Reich auf der anderen Seite des Ostwall-Gebirges, heute ein totes, steiniges Land voller schwarzer Magie. Ein Ort der Hölle. Ich bin nie dort gewesen. Kontakt und Geld gingen über Kraven.« Kalt nickte er zu dem toten Elfen hin.

Ein langes, lastendes Schweigen machte sich breit.

»Ich glaube, ich weiß, wo es ist«, sagte Kit zu Colo.

Colo zog sie beiseite, damit sie außerhalb der Hörweite des Elfen reden konnten. Sie hockten sich ins Mondlicht und sprachen gedämpft. Colos Gesicht war ernst. »Du weißt also doch etwas?«

Kit wartete einen Augenblick, bevor sie redete. »Es war Ursas Auftrag. Ich bin mitgekommen und habe geholfen, die Verfolger abzulenken. Nach dem, was er mir erzählt hat, ging die Sache schief, und dieser Beck, ein junger Adliger, kam um.«

Einen Augenblick blitzte jene Nacht vor Kitiara auf – die Erinnerung an Beck, sein lebloses Gesicht, seinen verstümmelten Körper.

»Ihr habt das Geld nicht gekriegt?« fragte Colo.

»Oh, *ich* habe kein Geld gekriegt«, sagte Kit bitter und trocken, »die anderen schon. Radisson, Trauerkloß, Ursa und« – ihre Stimme zitterte – »El-Navar. Sie haben mich beim Teilen der Beute ausgeschlossen und sind ohne mich weitergeritten. Ursa gab mir das Schwert hier als ›Belohnung‹. Es ist Becks Schwert.« Sie zeigte auf das Schwert in ihrer Hand, mit dessen Spitze sie unablässig im Boden herumstocherte.

»Und dann?« fragte Colo.

»Beck Gwatmey war mit einer Adligen auf der anderen Seite der Berge verlobt«, fuhr Kit fort. »Um die Ehe zu besiegeln, wurde eine Straße gebaut. Durch seinen Tod brach alles zusammen. Ich blieb ein paar Monate lang in Stumpfhausen hängen, einem kleinen Nest, wo ich viel Gerede über das hörte, was passierte. Luz Mantilla verlor den Verstand, hieß es, und brachte ihren eigenen Vater um. Er hatte den Hinterhalt geplant, um die Ehe zu verhindern. Sie schwor, sie würde die bezahlten Killer aufspüren. Niemand hat je gewußt, daß ich dabei war.«

»Außer den anderen vier«, sagte Colo.

»Radisson ist wahrscheinlich gestorben, bevor er etwas verraten konnte«, überlegte Kitiara. »Was aus dem Karnuthier wurde, weiß keiner. Und jetzt hat Luz Ursa …«

»Wo ist das?« fragte Colo.

»Jenseits des Kanals, dann eine Woche zu Pferd, Hunderte von Meilen durch bergiges Gelände.«

»Bestimmt hat sie der magische Sturm dorthin gebracht.«

Kit sagte nichts. Beide blickten sich zu dem Dunkelelfen um. Er stand gefesselt da, das Seil in einer engen Schlinge um den Hals, und sah sie haßerfüllt an.

»Sie kennen deinen Namen noch nicht und wissen nicht, daß du dabei warst«, meinte Colo.

»Solange Ursa ihnen nichts erzählt.«

»Falls er noch lebt.«

»Das ist so lange her«, überlegte Kitiara. »Drei Jahre. Ich hatte es fast vergessen. Bis auf …«

»Bis auf was?« Colo sah ihr tief in die Augen.

Kitiara wich ihrem Blick aus. »Nichts«, sagte sie.

Colo stand auf, nahm einen tiefen Schluck Wasser aus einer Blechtasse am Lagerfeuer und betrachtete den Dunkelelfen. Der lachte und spuckte in ihre Richtung. Sie gingen zu den zwei Pferden, um gezielt die Satteltaschen aufzuschneiden und die paar wertvollen Dinge herauszuholen – eine schwere Börse, Trockennahrung und eine zerknitterte Karte, die sie befriedigt Kit entgegenhielt.

»Was hast du vor?« fragte Kit.

»Was glaubst du wohl?« erwiderte Colo irritiert. »Ich werde Ursa nachreiten. Was ist mit dir?«

»Ich – ich weiß nicht«, sagte Kitiara.

»Bist du das einem Mann nicht schuldig, mit dem du im Bett warst?«

»Ich war nie mit Ursa im Bett«, erwiderte Kitiara.

»Du lügst.«

»Nein.«

Ihre Blicke trafen sich. Die Sekunden verstrichen. Colo wollte sich gerade abwenden, als Kit sich entschieden hatte.

»Ich komme mit«, erklärte sie.

Colo zog den Dolch, den sie dem toten Dunkelelfen abgenommen hatte, und reichte ihn Kit. »Was ist mit dem?« fragte Colo vielsagend. »Er weiß jetzt, wer du bist.«

Kitiara zögerte nur einen Moment lang, bevor sie den Dolch nahm und zu dem Gefangenen ging. Der große Dunkelelf starrte sie verdrossen an. »Erwarte nicht, daß ich bettle«, sagte er kalt.

Kit griff ihm in die Haare, riß seinen Kopf zurück und schlitzte ihm die Kehle auf. Er starb ohne ein weiteres Wort.

»Das war für Cinnamon«, murmelte sie. Und für Patrick, ergänzte sie in Gedanken.

Sie wischte das Messer an ihrer Hose ab und gab es Colo zurück. Die beiden sahen sich an. Kit nahm das eine von den Elfenpferden, Colo das andere. Die zwei Tiere waren starke schwarze Rösser. Den Maulesel von Trauerkloß, der ihnen gute Dienste geleistet hatte, ließen sie frei.

Trotz der späten Stunde schwangen sie sich auf die Pferde und ritten los.

In fieberhafter Eile hielten sie nach Südosten auf die Küstendörfer nördlich von Vocalion zu, wo Kit nicht erkannt werden würde. Die skizzenhafte Karte des Dunkelelfen wies ihnen den nächsten Weg in die Talfestung der Mantillas im Ostwall-Gebirge. Aber zunächst mußten sie den Kanal nach Abanasinia überqueren.

Nachdem sie morgens die Küste erreicht hatten, machten sie in dem verschlafenen Städtchen Conover halt, dessen Hafen voller Schiffe aller Art lag. Kit und Colo kletterten bei einem Dutzend Schiffe über das Fallreep und versuchten, eine Überfahrt für sich und ihre Pferde zu buchen. Dabei gaben sie acht, daß sie keine Aufmerksamkeit erregten. Doch während der kalten Jahreszeit gab es wenig Seeverkehr, so daß die meisten Schiffe vorerst festlagen. Und kein Kapitän wollte sie für das bißchen Geld übersetzen, das sie erübrigen konnten.

Am Ende eines enttäuschenden Tages im Hafen entdeckte Kit ein breites Frachtschiff, das abseits der Mole im Hafen ankerte. Sie ruderten hinaus, um mit dem Kapitän zu reden, einem kräftigen Seemann, der eine Ladung Pelze und Wolle an Bord hatte. Er willigte ein, sie mitzunehmen, aber nur unter der Bedingung, daß sie als Schiffsjungen einsprangen. Ihm fehlte ein Seemann, und er hoffte, daß zwei Frauen einen Mann ersetzen konnten.

Colo wäre ihm am liebsten an die Kehle gesprungen, doch Kit kam ihr zuvor. »Abgemacht«, stimmte sie zu und schüttelte ihm zur Bekräftigung die Hand.

Sein Schiff, die *Fleury*, lief früh am anderen Morgen aus. Die Woche an Bord des Segelschiffs war für Kit und Colo eine Qual – nicht wegen der harten Arbeit, die ihnen zumindest die Zeit nicht lang werden ließ, sondern wegen der Langsamkeit. Wenn sie nicht mit ihren Pflichten beschäftigt waren, liefen sie rastlos an Deck auf und ab, redeten wenig und fanden nur schwer in den Schlaf.

Als die *Fleury* endlich die Küste erreichte, ließ die Besatzung sie und ihre Pferde ins Wasser hinunter. Anstatt zu warten, bis sie eine nach der anderen mit dem Beiboot übergesetzt würden, schwammen sie lieber an Land.

Sie waren am äußersten Rand von Abanasinia und wußten von der Karte, daß sie zunächst nach Nordwesten reiten mußten, um die Ausläufer des Kharolisgebirges herum, bevor sie nach Süden auf die Gipfel des Ostwall-Gebirges zuhalten konnten.

Sechs Tage und sechs Nächte waren Kit und Colo unterwegs. Sie schliefen nur ein bis zwei Stunden pro Nacht und schwangen sich dann schon vor der Dämmerung wieder in den Sattel. Weil sie nur hin und wieder haltmachten, um starken Tee herunterzukippen und etwas Trockenobst in sich hinein zu schlingen, kamen sie gut vorwärts. Unbarmherzig trieben sie die Pferde voran. Colo bestimmte das Tempo, denn sie war eine geborene Reiterin und hatte vielleicht auch von Anfang an das stärkere Tier, doch Kitiara war nie weit hinter ihr.

Am dritten Nachmittag brach Kits Pferd in vollem Galopp zusammen, und bis Kit sich aufgerappelt hatte, lag das Tier schon in den letzten Zügen. Ein paar Meilen mußten sie zu zweit reiten, bis sie von einem Bauern ein neues Pferd kaufen konnten.

Am vierten Morgen kam Colos Pferd nicht mehr auf die Beine, und sie mußten ihm den Gnadenstoß versetzen. Wieder ritten sie ein paar Stunden zusammen, bis sie in einer Schmiede an der Straße ein zweites Pferd erwerben konnten.

Während sie so vorankamen, wurde der Himmel grau, und zur Kälte gesellten sich Nieselregen und Nebel. Morgens lag Reif auf den Gräsern und später, als sie von der Küste in die höheren Regionen gelangten, auch ein dünner Schneeteppich. Zeitweise lag der Schnee über Eis, was für die Pferde gefährlich war.

Das Wetter schien es darauf anzulegen, sie aufzuhalten. Wenn es nicht schneite oder regnete, war es neblig. Die Feuchtigkeit kroch ihnen in die Glieder. So waren sie nicht nur erschöpft und wund vom Reiten, ja, fast taub vor Anstrengung, sondern konnten auch der ständigen Kälte nicht ein einziges Mal durch ein bißchen Sonnenschein entkommen.

Kit war noch nie so weit im Norden gewesen und hatte diesen Teil des Kharolis noch nicht gesehen. Ehrfürchtig betrachtete sie die Gipfel, die sich über viele Meilen bis zum Horizont erstreckten – große, zerklüftete Bänder in Braun und Violett, mit Schnee bedeckt.

Am sechsten Tag kam ihnen die Landschaft wieder vertrauter vor, denn sie erreichten die Nordwesthänge des Ostwall-Gebirges. Mit Hilfe der Elfenkarte folgten sie hier einem verschlungenen Weg, der über Trampelpfade, durch Schluchten und kleine Täler zum Lehen Mantillatal führte.

Der Weg war ziemlich tückisch, denn er wand sich durch felsiges Gelände, um große, zackige Gipfel und steile Klammen, über angelegte Fußwege und kaum passierbare Stellen, wobei er teilweise scharf abbog und im Kreis zurückkam. Die Pferde mußten sich immer wieder langsam einen Weg suchen. Hin und wieder wurden Kit und Colo auch gezwungen, abzusitzen und neben ihren nervösen Tieren herzulaufen. Immerhin stimmte die Karte, und sie kamen vorwärts.

Trotzdem forderte das schwierige steinige Gelände seinen Tribut von einem ihrer Pferde, das sich beim Stolpern ein Vorderbein verletzte. Sie hatten keine Wahl; sie mußten das leidende Tier erlösen und sich wieder ein Pferd teilen. Kit und Colo waren ihrem Ziel jetzt so nah, daß sie die letzten Meilen nach Mantillatal auch zu Fuß zurücklegen konnten.

Am Nachmittag des siebten Tages stießen sie auf einen verschneiten Hang mit einem schmalen Wasserfall. Der Hang lag über einem tiefen, unregelmäßigen Tal, das von hier ab durch dicken gelben Nebel verhüllt war. Auf der Karte war ein schmaler Pfad eingezeichnet, der den sanft abfallenden Hang hinunterführte.

Kit war noch nie so ausgepumpt gewesen. Jeder Knochen im Leib tat ihr weh, ihre Augen waren blutunterlaufen, die Kleider schmutzig und zerrissen. Colo, die neben ihr stand und das Mantillatal betrachtete, sah auch nicht besser aus. Im Gegenteil – als sie da standen, ohne einen Schritt auf ihr Ziel zuzumachen, sank Colo in die Knie.

Ihnen wurde klar, sie brauchten Schlaf, damit sie wieder etwas zu Kräften kamen, und deshalb beschlossen Kit und Colo, diese Nacht hier oben zu verbringen. Da es noch nicht dunkel war, hatten sie reichlich Zeit, um ihr Pferd zu versorgen und ein Lager aufzubauen. Sie ölten und trockneten ihre Waffen. Mit geschmolzenem Schnee gelang es ihnen, sich notdürftig zu waschen, was sie ein wenig erfrischte.

Colo zündete hinter ein paar Felsen ein kleines Feuer an, dessen Schein nicht einmal vom Tal aus zu sehen sein würde. Bei

Einbruch der Nacht konnten sie unten im Tal nichts erkennen und auch am Himmel nichts, was noch seltsamer war. Es war eine Nacht ohne Mond und Sterne. Nur leere Dunkelheit.

Zuerst sprachen die zwei Gefährtinnen wenig miteinander. Sie waren müde, aber sie spürten, daß ihnen etwas bevorstand, das sie durchaus das Leben kosten konnte. Aus dem Essen, das sie unterwegs erbettelt hatten, bereitete Kit eine Mahlzeit zu, doch obwohl sie so hungrig waren, konnten sie vor Erschöpfung kaum etwas zu sich nehmen.

Nach einer langen Pause begann Colo zu sprechen. Sie erzählte Kit, wie sie Ursa kennengelernt hatte, was erst neun Monate her war. Er war in Südergod allein mit Schlaukopf unterwegs und gerade sehr heruntergekommen gewesen. Colo zufolge hatte Ursa schäbige Kleidung getragen und hätte jeden Auftrag angenommen.

In dem Gasthaus an der Hauptstraße, wo Colo die Nacht verbrachte, hatte man sie beschuldigt, beim Kartenspielen zu mogeln – was sie auch getan hatte. Ursa, der selbst mitspielte, sagte sehr wenig und spielte sehr gut, obwohl er dauernd verlor, am meisten an Colo. Trotzdem ergriff er bei dem Streit für sie Partei, und als so ein Bauerntrampel Colo mit dem Messer bedrohte, stellte sich Ursa trotz der Gefahr für sich selbst auf ihre Seite. Zusammen mit Trauerkloß verließen die beiden rückwärts das Wirtshaus und dann, von der Meute verfolgt, die Stadt.

Nachdem sie in Sicherheit waren, erklärte Ursa Colo, er habe die ganze Zeit gewußt, daß sie betrog, und forderte die Hälfte ihres Gewinns. Seitdem waren sie zusammen gereist.

»Ich wußte gar nicht, daß er gerne Karten spielt«, sann Kit. Was sie eigentlich meinte, war ihre Verwunderung darüber, daß Ursa sich dazu herablassen würde, um zu etwas Geld zu kommen.

»Ich glaube, er kann von allem ein bißchen«, sagte Colo bewundernd.

Danach wurde Colo müde und schlief bald ein.

Weil Kitiara unruhig war, lief sie zum Abhang und blickte ins Mantillatal hinab. Der Karte nach lag das Herrenhaus in der Mitte des kleinen ovalen Tals gut fünf Meilen nach unten und weitere fünf Meilen nach Westen. Angestrengt schaute sie in diese Richtung. Die undurchdringliche Schwärze verriet überhaupt nichts. Kein Lichtstrahl kam aus dem Tal herauf.

Kitiara dachte an Ursa Il Kinth, ob er wohl noch lebte, und wieso er eigentlich in ihrem Leben bisher eine so wichtige Rolle gespielt hatte.

Zum ersten Mal seit vielen Monaten dachte Kit auf einmal auch an Caramon und Raistlin. Wie es ihnen wohl ging? Caramon war bestimmt noch größer und stärker geworden und prahlte mit seinen Fähigkeiten. Raistlin war sicher noch mehr nach innen gekehrt, noch stiller und noch schlauer geworden. Kit war davon überzeugt, daß er Caramon das Wasser reichen konnte, wenn sich seine Begabungen auch auf ganz anderen Gebieten zeigten.

Sie hoffte, sie würde die beiden Zwillingsbrüder irgendwann wiedersehen. Aber heute abend war sie sich dessen gar nicht so sicher.

Und sie selbst? Kit spürte, endlich führte sie ein Leben, das ihr Vater verstehen würde. Als sie so über das Tal schaute und an den nächsten Tag dachte, formten ihre Lippen schweigend die Worte, die sie von Gregor Uth Matar so viele Male gehört hatte: Das Schwert ist die Wahrheit.

Unter dem dicken gelben Nebel wies die Straße zum Sitz der Mantillas auf Verschwendung und apokalyptische Katastrophen hin. Karren und Wagen lagen mit zerbrochenen Rädern verlassen da. Die Höfe waren halb niedergebrannt, die Felder verwüstet. Werkzeug, Ausrüstung, Kleider, Möbel und Hausrat lagen entlang der Straße verstreut.

Über dem Land lag Totenstille. Kein Vogelgezwitscher,

keine Stimme von Mensch oder Tier durchbrachen die unheimliche Ruhe. Kein Windhauch trieb den unnatürlichen Nebel auseinander.

Kit ritt hinter Colo auf dem letzten Pferd. Beide hatten die Hände an die Waffen gelegt. Anfangs ritten sie vorsichtig, doch als sie niemanden sahen, spornten sie das Tier an.

Als Kit und Colo dem Schloß näher kamen, tauchten die ersten Körper auf. Menschen hingen von geschwärzten Bäumen. Skelette lagen auf den Feldern. Verkohlte Körper und Körperteile lagen in Gräben oder übereinander, wo immer sie hingefallen waren. Manche waren offenbar schon monatelang tot, andere erst seit kurzem und verwesten noch.

»Sieh nur!« schrie Colo, die auf einen zeigte, der am Baum hing.

Kit nickte, als sie einen Soldaten in der Rüstung jener Einheit erkannte, von der sie vor zwei Wochen gestellt worden waren. Er gehörte zu dieser Truppe – oder hatte jedenfalls mal dazu gehört. Und er war nur der erste von vielen aus dieser Miliz, die brutal abgeschlachtet worden waren, wie Kit beim Weiterreiten feststellte.

Das Schauspiel war furchtbarer, als sie es je erwartet hatten. Nicht einmal im Traum hätte Kit sich dieses unaussprechliche Grauen ausmalen können, und sie mußte sich zusammenreißen, um es auszuhalten. Colos Augen blickten unentwegt nach vorn, doch auch sie würgte vor Ekel.

Sie ritten über ein Feld, auf dem die Leichen überall wie Vogelscheuchen an Pfählen baumelten. Ihre Gesichter glichen Gargylen, denn sie waren grotesk verzerrt. Manche waren alt und verwest, andere erst vor kurzem getötet. Es waren lauter Zauberer, und einige hatten Schilder umhängen. Einem, der mit schrecklichen Wunden überzogen war, hing eine Tafel vom Hals: *Dieser Zauberer hat versagt und hat dafür bezahlt – Luz Mantilla.*

»Der Zauberer«, flüsterte Colo und zeigte hin.

»Ja«, sagte Kit, die die Robe desjenigen erkannte, der erst vor zwei Wochen den magischen Zyklon heraufbeschworen hatte, der Ursa fortgetragen hatte.

Noch immer keine Menschenseele zu sehen.

Jetzt kamen die Türme des Schlosses in Sicht. Aber etwas daran war verkehrt. DieTürme waren schief und verzogen, einige Teile waren herausgebrochen. Nur ein dünner Turm im Zentrum des Durcheinanders reckte sich hoch in die Luft bis über den gelben Nebel. Dieser eine Turm schien von den anderen getrennt zu sein, eine einsame Insel in einem Meer der Trümmer.

Es war, als hätte eine göttliche Faust auf das Schloß geschlagen, es zerschmettert und in alle möglichen Richtungen in den Boden gequetscht.

Als sie näher kamen, wurde der gelbe Nebel noch drückender, und es war unmöglich, etwas klar zu erkennen, was mehr als ein paar Schritte entfernt war. Urplötzlich ragte ein Haufen aus Ziegelsteinen und Geröll vor ihnen auf, der die Straße versperrte. In der Mitte des Steinhaufens war ein von Balken eingerahmtes Loch, von dem aus Stufen nach unten führten. Sie konnten nicht weiter reiten.

Nur nach unten. Die Steinstufen führten in einen Gang. Kein Posten versperrte ihnen den Weg. Weiter vorne flackerte Licht.

»Hier lang?« vergewisserte sich Colo.

»Entweder hier lang oder umkehren«, sagte Kit.

»Dazu waren wir zu lange unterwegs.«

Kit nickte, nahm sich aber einen Augenblick, um ihre Waffen zu überprüfen. In der einen Hand hielt sie Becks Schwert, in der anderen trug sie einen Kupferdolch, den sie dem einen Dunkelelfen abgenommen hatte. Sie warf einen Blick auf Colo.

Die Waldläuferin hatte zwei Schwerter von den Elfen, ein kurzes Messer und eine Rolle Seil. Kits Gefährtin war im ersten Morgenlicht aufgestanden, hatte ihr Gesicht bemalt und ihre langen sandfarbenen Zöpfe mit Federn durchflochten. Jetzt band Colo das Pferd fest und ging voran.

Kit merkte, wie in ihr ein warmes Gefühl für die zierliche Frau aufstieg, die das völlige Gegenteil ihrer Mutter, dieser Stubenhockerin, war. Colo war eine der bewundernswertesten Frauen, die Kit je kennengelernt hatte.

Ohne weitere Worte begannen Kit und Colo vorsichtig, die Treppen hinunter und dann einen langen Steingang entlang zu schleichen, der sich schier endlos vor ihnen erstreckte. Fackeln, die hoch oben an den Wänden hingen, spendeten ein wenig Licht. Die Frauen blieben dicht bei den Wänden und hielten sich von der Gangmitte fern, um Fallen auszuweichen. Mit gezückten Schwertern schoben sie sich langsam vor, wobei sie nach Seitengängen tasteten.

Hin und wieder neigte sich der Gang leicht nach unten, dann wieder machte er einen Knick und stieg etwas an. Unsichtbare Tierchen huschten vor ihnen über den Weg. Der Tunnel war feucht, irgendwo tröpfelte Wasser. Durch Risse in den Wänden quollen unangenehme Dämpfe. Zeitweise war der Weg so dunkel, daß Kit bis auf Colos Umriß an der gegenüberliegenden Wand kaum etwas sehen konnte.

Nach einer Weile gelangten sie in eine große, hohe Kammer, die besser beleuchtet, aber an einem Ende anscheinend halb eingestürzt war. Es gab vier Ausgänge – fünf, wenn man den mitzählte, aus dem Kit und Colo gekommen waren. Sie gingen in vier verschiedene Richtungen, so daß sie zusammen mit dem Eingang einen Stern bildeten.

In der Mitte des Raumes lag ein großer Haufen Körper, die wie Feuerholz übereinander gestapelt waren. Einige waren am Stück hingeworfen worden und wirkten wie lebendig, wie mitten im Tun eingefroren. Andere waren nur noch Skelette. Es waren Dutzende, vielleicht über hundert Leichen mit weißen, verrotteten Schädeln und zerrissenen Kleidern. Überall lagen

Eingeweide herum, und durch die Öffnungen schossen die Ratten.

Kitiara hielt erschrocken die Luft an und schlug eine Hand vor den Mund, während Colo bei diesem Anblick unwillkürlich näher an sie heranrückte.

»Was?« Kit fröstelte.

»Atme ganz flach«, wies Colo sie streng an. Sie legte Kit beruhigend eine Hand auf die Schulter.

Sie traten näher heran, um den schauerlichen Totenhaufen besser betrachten zu können, denn sie mußten sich davon überzeugen, daß Ursa nicht unter den Toten war. Plötzlich sprang eine geisterhafte Gestalt aus der Mitte des Stapels auf. Der bleiche, höhnisch grinsende Mann war nur noch Haut und Knochen, hatte dünnes weißes Haar und einen Ziegenbart und trug verfaulte, flatternde Lumpen.

Colo und Kit wichen sofort mit erhobenen Waffen auseinander. Doch ansonsten bewegte sich nichts im Raum, und der alte Kauz schien eher verrückt zu sein als gefährlich. Er sprang von einem Bein aufs andere, während er mit sich selbst redete. In der Hand hielt er einen Eisenring mit rostigen Schlüsseln.

»Sie ist gekommen! Ich bin frei! Welche ist es? Vielleicht sehe ich doppelt. Nach all der Zeit bin ich frei!« babbelte der Alte.

»Bleib stehen«, befahl Colo. »Was sagst du da, Großvater?«

»Hier! Hier!« Der Mann hielt ihnen den Schlüsselring hin.

Kit streckte zögernd die Hand aus und nahm den Ring. Das Metall war mit verkrustetem Schleim überzogen.

»Ich glaube, er ist nicht ganz bei Trost«, sagte Kit schneidend, während sie sich immer noch wachsam umsah.

»Wer bist du, alter Mann? Was geht hier vor?« fragte Colo wieder. Sie steckte ihr Schwert ein und schob das Messer in den Gürtel, um den Irren damit zu beruhigen.

Der Alte war näher an Kit und Colo herangehüpft und tapste nun um sie herum, wobei er fröhlich mit sich selber redete. Seine langen, weißen Haare schimmerten wie Spinnweben. Immer wieder zeigte er in verschiedene Richtungen.

»Die große Herrin, sie hat gesagt, ich kann gehen, wenn ihr kommt. Ich war treu. Der letzte der Treuen bin ich. Seit vielen Jahren. Nur ich bin noch übrig. Außer», er biß sich auf die Zunge und rollte die Augen, »außer der Eisernen Garde. Ich vergesse Euch nicht, meine Herren. Ich grüße Euch.« Krampfhaft nickte er mit dem Kopf.

»Nehmt schon«, sagte er mit einer Geste zu den Schlüsseln. »Sind eure. Ich gehe! Sie hat es versprochen.« Er winkte kurz und lief los.

»Warte!« schrie Kit wild, griff nach seinem Arm und fuchtelte drohend mit ihrem Dolch. »Wo ist die Herrin, von der du gesprochen hast?«

Er drehte sich um, sah sie an und streichelte seinen Spitzbart. »Es sind fünf Tunnels«, sagte der Alte nachdenklich. »Ihr findet sie, wenn ihr den rechten nehmt, glaube ich. Welchen? Ich rate nicht. Ich selbst«, er wirkte unruhig, »habe die große Herrin jetzt schon viele Monate nicht mehr zu Gesicht bekommen: Sie läßt mich in Ruhe. Das ist meine Belohnung. Andere sind nicht so glücklich. Seid sehr vorsichtig.«

Er beugte sich vor und flüsterte verschwörerisch: »Aber die Eiserne Garde habe ich gesehen. Die kommt und geht. Holt die Besucher. Meine Aufgabe«, sagte er mit stolzem Kichern, »ist es, mich um die Besucher zu kümmern. Nur«, er lockte Kit mit einem dünnen gelben Finger, »zwei übrig. Ts, ts.«

Er legte den Finger an die Lippen. »Die große Herrin ist sehr wütend«, fügte er wissend hinzu. »Pst«, sagte er ausweichend, um Colos Fragen abzuwehren. »Ich riskiere mein Leben, wenn ich euch das erzähle.«

Der Alte fuhr mit stolzgeschwellter Brust herum.

»Irgendwo oben im Turm und sehr wütend. Alle haben versagt, alle untreu. Viel Töten.« Angewidert nickte er zu dem

Stapel Tote hin. »Ich nicht. Ich sehr zuverlässig. Ich hüte die Schlüssel! Ich treu!« prahlte er.

»Wo lang?« wiederholte Colo am Ende ihrer Geduld.

Er strich sich über seinen Bart. »Ja. Das ist die Frage. Ich hab's immer gewußt« – er erschauerte – »früher, früher.« Er drehte sich langsam herum, wobei er jeden Ausgang nachdenklich anstarrte. Seine Augen waren verschwollen. »Ich hab's vergessen«, klagte er. »Welcher Weg führt nach draußen?«

Colo wies mit dem Daumen über ihre Schulter zu dem Steingang, durch den sie eingetreten waren.

Blitzschnell schob sich der plappernde Alte an ihr vorbei und schoß in den Tunnel. »Gott segne euch!« rief er ihnen noch zu, als er verschwand. »Ich bin frei! Frei!« Minutenlang hörten sie das Echo seiner Schritte, gefolgt von seinem Glucksen.

Kit hielt Colo fest. »Laß ihn laufen«, sagte sie. »Der ist harmlos.«

»Vielleicht ist er ein Spion«, gab Colo zu bedenken.

»Sicherlich«, meinte Kit. »Aber Lady Mantilla weiß inzwischen sowieso, daß wir hier sind. Wir müssen gegen sie kämpfen, so oder so. Uns kann er gleichgültig sein.«

Kits Miene nahm einen beinahe amüsierten Ausdruck an. »Was ist mit denen?« fragte sie.

Colo nahm den Ring in die Hand, drückte zu und ließ einen der alten Schlüssel zerbrechen. »Ich glaube kaum, daß die uns viel nützen werden«, sagte sie trocken.

Als sie wieder in der riesigen Kammer standen, sahen sich Kit und Colo erneut dem grausigen Stapel von Toten gegenüber. Mißmutig musterten sie die mit Balken verstärkten Ausgänge, um ihre Wahl zu treffen. Einer war durch eingestürztes Gestein versperrt. Ansonsten gab es keinen Unterschied zwischen den dunklen Löchern.

»Nun?« fragte Kit.

»Ich finde, wir sollten zusammenbleiben«, schlug Colo vor.

»Dieses Gerede über die Eiserne Garde hat mir gar nicht gefallen.«

Wieder sahen sie sich unentschlossen um. »Also, über den da brauchen wir uns keine Gedanken zu machen«, meinte Kit, die auf den Ausgang zeigte, der von Trümmern und Geröll versperrt war. »Und wir wissen, daß hinter uns der Ausgang liegt«, fuhr sie fort und zeigte auf den Tunnel hinter ihnen. »Oder zumindest der Eingang. Wir können genausogut dort anfangen.« Sie zeigte auf den ganz linken Tunnel. »Von da aus können wir uns nach rechts vorarbeiten.«

Colo nickte. Als sie in den Tunnel hineinblickten, konnten sie eher noch weniger sehen als vorher. Dieser Gang war schwächer beleuchtet als der erste. Kit und Colo hielten sich zunächst eng an die Wände und tasteten sich mit kampfbereiten Waffen vorwärts. Als sie nichts hörten oder sahen, drangen sie nach einer Weile rascher vor.

Zunächst sah der Tunnel immer gleich aus, obwohl die Fackeln an den Wänden weiter auseinander lagen – leer, feucht und ungesund. Je weiter sie kamen, desto seltener wurden die Fackeln; die Abstände zwischen ihnen wurden immer größer. Jetzt stolperten Kit und Colo über heruntergefallene Holzlatten, breite Risse und lose Steine. Von der niedrigen Decke hingen stinkende Pflanzen herunter, und aus den Wänden ragten Schlingpflanzen und Wurzeln, an denen sich die Frauen im Vorübergehen verfingen. Der Gang stieg an und fiel wieder ab und änderte wiederholt die Richtung.

»Wahrscheinlich landen wir da, wo wir hergekommen sind«, vermutete Kit nach einer Weile verzagt.

Bei der ständigen Anspannung und Anstrengung, durch den muffigen Tunnel zu laufen, sackten ihre Schultern zusammen und wurden ihre Gesichter blaß. Kit hatte ihr Schwert weggesteckt und hackte mit dem Messer die zähen Spinnweben und Schlingpflanzen beiseite, die sie behinderten. Colo war auf ihrer Seite des Tunnels vorausgehuscht.

Ganz plötzlich horchte die Waldläuferin hellwach auf. »Was ist das?« Als Kit eilig aufschloß, hörte sie ein merkwürdiges, verstohlenes Geräusch, ein leises Zischen und Platschen. Obwohl sie nach vorne blinzelten, konnten sie die Quelle des Geräuschs nicht ausmachen. »Vorsicht«, warnte Colo.

Als sie jetzt aufmerksamer im Tunnel weitergingen, schwollen die Geräusche an und legten sich wieder. Nach lautem Geschmatze folgten Schweigepausen. Noch immer konnten sie vorne nichts erkennen. Beide hatten ihre Waffen gezogen, während sie stetig vorrückten.

Kit war Colo ein paar Schritte voraus und spähte angestrengt in die Dunkelheit, als sie auf einmal ausrutschte und wie in einen steilen Schacht hinunterschlitterte. Schreiend ließ sie ihr Kupfermesser los und schaffte es, sich mit der linken Hand an einer dicken, knorrigen Wurzel festzuklammern. In der anderen Hand hielt sie ihr nutzloses Schwert.

Sie baumelte im Leeren. Unter ihr war nichts zu sehen als ein finsterer, bodenloser Abgrund.

Aber sie hörte ein furchtbares Gebrüll und danach das Zischen und Platschen eines Wesens weit unten in einem Wasserloch. Der Gestank, der heraufwehte, drang ihr stechend in die Nase.

Fluchend entrollte Colo ihr Seil. Sie kam so weit nach vorn, wie sie es wagte, so daß sie gerade eben Kits angstverzerrtes Gesicht erkennen konnte. Der erste Wurf der Waldläuferin ging daneben. Beim zweiten Mal kam Colo zu nahe an den Rand, verlor den Halt und wäre fast selbst vornüber gefallen. Beim dritten Wurf gelang es Kit, den Arm hochzuschwingen und mit der Hand nach dem Seil zu greifen, die auch den Griff von Becks Schwert festhielt.

Das fauchende Monster unten stieß ein neuerliches Brüllen aus.

»Halt dich einfach fest. Ich ziehe dich hoch!« rief Colo ihr gepreßt zu.

Das Seil schnitt Kit so tief in die Hand, daß Blut ihr Handgelenk herunter tröpfelte. Es fiel ihr schwer, gleichzeitig das Seil und Becks Schwert festzuhalten. Colos Stärke war für jemanden von ihrer Größe bemerkenswert, aber dennoch brauchte sie lange Minuten, in denen sie Kit voller Anstrengung Handbreit um Handbreit über den steilen Rand zog.

Nachdem Kit herausgekrochen war, rieb sie sich mürrisch das Handgelenk. Colo hatte sich vor Erschöpfung lang ausgestreckt. Sie hörten das Brüllen und Toben des Wassermonsters in der Tiefe. Zweifelsohne war das Tier enttäuscht, weil Kit ihm entkommen war.

»Eindeutig kein Slig«, bemerkte Kit schließlich.

»Ja«, sagte Colo und setzte sich auf. Einen Moment später fügte sie trocken hinzu: »Jetzt sind wir eigentlich quitt.«

Langsam standen sie auf und machten sich auf den Rückweg. Sie konnten schneller gehen, aber dennoch dauerte es einige Zeit, bis sie wieder in der Totenkammer waren. Jetzt mußten noch zwei Tunnels erforscht werden.

Kit schätzte, daß die Mittagszeit schon vorüber war, und sie waren hungrig. In Gegenwart der Opfer von Luz Mantillas Rachedurst teilten sie ihre bescheidenen Vorräte. Inzwischen hatten sie sich schon fast an die groteske Umgebung gewöhnt.

Colo, die sich auf ein paar Trümmern ausgestreckt hatte, sagte nachdenklich: »Also, ich schätze, wenn wir für die beiden übrigen Tunnels jedesmal so lange brauchen wie für den ersten, dann sind wir noch den ganzen Tag und bis tief in die Nacht hier unten. Und selbst dann haben wir vielleicht noch nicht das gefunden, wonach wir suchen.«

»Ich dachte gerade dasselbe«, erwiderte Kit vorsichtig.

»Ich will nicht zwei Tage an diesem gräßlichen Ort verbringen«, sagte Colo, die sich mißtrauisch umsah.

»Ich auch nicht«, gestand Kitiara.

»Wir sollten uns aufteilen. Jede nimmt einen Tunnel. Wenn nichts dabei herauskommt, treffen wir uns hier wieder.«

»Abgemacht.«

»Laß dir Zeit«, mahnte Colo. »Paß auf. Sei auf der Hut vor Fallen und … vor der Eisernen Garde.«

»Keine Sorge«, sagte Kit mit ihrem schiefen Lächeln. »Ich mach' doch nicht zweimal denselben Fehler.«

Stehend faßten sie einander an den Schultern. Kit wurde bewußt, wie gern sie inzwischen mit der Waldläuferin zusammen war. Aus Colos Augen sprach das gleiche Gefühl.

Colo drehte sich als erste um, ging zum äußersten Tunnel und verschwand darin. Kit wartete ein paar Minuten, hörte jedoch nichts als die leiser werdenden Schritte ihrer Kameradin. Also machte Kit sich zögernd in den letzten Tunnel auf.

Nach ungefähr zehn Minuten wurde Colos Tunnel vor lauter Geröll praktisch unpassierbar. Nicht nur Steine und Holz, sondern Trümmer und Chaos. Die Waldläuferin fragte sich, ob dieser Steintunnel vielleicht nicht mehr benutzt wurde, und ob sie nicht lieber umkehren und Kitiara nachgehen sollte.

Der Tunnel war mit allen möglichen Dingen übersät. Verrostete Rüstungsteile, stinkende Kleiderfetzen, schmutzige Lumpen, Tonscherben, alte Gartengeräte. Spinnweben und Moos hingen von der Decke herunter und verfingen sich in ihrem Haar. Handtellergroße Spinnen und Käfer hingen über ihrem Kopf. Sie konnte hören, wie Ratten und andere kleine Tiere in ihre Verstecke huschten, als sie vorbeikam.

»Bei den Göttern«, murmelte sie, während sie mit dem Schwert die Spinnweben zerschlug, »ich habe bestimmt die schlechtere Wahl getroffen.«

Nachdem sie fast eine Stunde lang vorgedrungen war, kam Colo nicht mehr weiter. Ein Haufen Steine, Holz und Trümmer versperrte ihr wie eine Wand den Weg. Er reichte bis zur Decke. Sie wollte gerade umkehren, als sie bemerkte, daß von der anderen Seite ein dünner Lichtstrahl hereinfiel. Als sie in die Knie ging und durch das winzige Loch spähte, konnte sie erkennen, daß der Tunnel auf der anderen Seite des Haufens besser begehbar war.

Seufzend nahm sie ihr Schwert und stocherte in dem Loch herum, um einen größeren Zugang zu schaffen. Als es groß genug aussah, um hindurchzukriechen, schob Colo zuerst den Kopf hinein. Sie stellte fest, daß sie sich mit etwas Anstrengung hindurchwinden konnte. Nachdem sie ein paar Minuten auf dem Bauch weitergekrochen war, war sie über und über mit Schlamm und Dreck bedeckt.

Wenn sie ihr Messer vor sich hielt, konnte sie sich einen Weg bahnen. Sie schob sich jedesmal ein paar Fuß weiter, bis sie auf einen besonders dicken Stein stieß, dessen kantiges, nach unten schräges Ende jedes weitere Vorwärtskommen unmöglich machte. Nach einer Weile gelang es ihr, ihn zu lockern, doch als er herauskam, hörte sie, wie die schwere Erde über ihr knirschte.

Colo kroch so schnell vorwärts, wie es ihr in dem engen Gangstück nur möglich war. Doch dann kam ein Zittern, und genau bevor sie sich auf der anderen Seite hinausretten konnte, brach der Trümmerhaufen zusammen und erwischte ihren linken Knöchel.

»Verdammt«, kreischte Colo. Sie versuchte, ihren Kopf so zu drehen, daß sie einen Blick auf ihren Fuß werfen konnte. Die Schmerzen waren zum Davonrennen.

Es gelang ihr, sich um ihre Achse zu drehen. Auf der Seite liegend, konnte sie mit dem Schwert um ihren Fuß herum stochern. Nach einigen Verrenkungen gelang es ihr, den Fuß aus den Trümmern zu befreien. Sie hatte ihn gerade losgerissen und war weitergekrochen, als der ganze Haufen zu beben und zu ächzen begann.

Colo rollte sich schnell zur Seite, als er herunterdonnerte.

Staub und Lärm legten sich. Nachdem Colo in sicherer Entfernung saß, wo sie ihren blutigen, gequetschten Knöchel rieb, schaute sie zurück und stellte fest, daß der ganze Haufen auseinandergerutscht war; jetzt konnte man ihn leicht überqueren.

Vor ihr lag ein weiteres Stück Tunnel, das verhältnismäßig sauber war und, von Fackeln erhellt, einen scharfen Rechtsknick machte. Ihr Knöchel tat sehr weh, aber er war nur verstaucht, nicht gebrochen, und Colo konnte ihn immer noch etwas belasten.

Sie riß ein Stück Stoff von ihrem Ärmel ab und wickelte es um ihren Fuß. Dann humpelte sie weiter, wobei sie sich an der Wand abstützte und den verletzten Fuß nachzog.

Während Colo dem Knick folgte, wurde ihr klar, daß sie in einer Art Verlies gelandet war. Von dem mit Öllampen beleuchteten Gang gingen nach beiden Seiten eine Reihe Zellen ab. Diese waren größtenteils leer – ein paar Knochen hier, quietschende Ratten dort. Beim Weitergehen zählte sie mindestens hundert von diesen steinernen Kerkern, jeder so groß wie eine Pferdebox. Sie hielt sich an den Gitterstäben fest, damit sie das Gleichgewicht besser halten konnte.

Weiter vorne machte der Tunnel wieder eine Biegung nach rechts, und dahinter hörte sie ein Geräusch. Sie befürchtete ein weiteres Wesen wie das in der Fallgrube, darum suchte sie als erstes den Boden ab und vergewisserte sich, daß sie nicht in eine weitere Falle stürzte. Aber dieses Geräusch war anders, ein Tappen und Schlurfen, gefolgt von Räuspern.

Menschliche Atemzüge!

Sie hinkte weiter, umklammerte ihr Schwert und spähte um die Ecke. Was sie ein kurzes Stück weiter sah, war eine schmale Treppe, die rechts nach oben führte, und eine größere Zelle als die anderen, die ganz am Ende des Gangs lag. In dieser Zelle lief Ursa Il Kinth auf und ab; er war nur mit einer ramponierten Hose bekleidet.

»Colo!« rief er aus und packte die Gitterstäbe, als er sie sah.

»Ursa!« So gut sie konnte, lief sie hin, wobei sie den verletzten Fuß hüpfend hinter sich herzog.

Beim Näherkommen erkannte sie, daß Ursa verprügelt, dünn und geschwächt aussah. Sein Gesicht war grün und blau geschlagen, die nackten Füße geschwollen und violett angelaufen. Er starrte sie genauso an, bemerkte sie, als sie ihm mitleidig betrachtete, denn sein Blick hing an ihrem verletzten Fuß, dessen einfacher Verband vom Blut schon dunkelrot war.

Sie schlugen im selben Moment die Augen auf, und Ursa brach unwillkürlich in bellendes Lachen aus, so ähnlich war ihr Ausdruck von Mitleid füreinander.

Gut, dachte Colo, seinen Humor hat er noch.

»Was ist denn mit dir passiert?« fragte Ursa.

»Eine Art Erdrutsch hinten im Tunnel«, meinte sie knapp. »Nichts Schlimmes. Ich gewinne zwar heute kein Wettrennen mehr, aber ich kann laufen. Was ist mit dir?«

»Hunger. Schmerzen. Erschöpfung.« Seine dunklen Augen glänzten. »Aber noch am Leben!«

Im Gegensatz zu den anderen Zellen war seine mit zwei Reihen dicker Eisenstangen abgetrennt. Als Colo fest an den vordersten rüttelte, stellte sie fest, daß sie kaum zu zerbrechen waren. Zwischen den zwei Reihen Stangen stand ein etwa zwergenhoher Wassertrog, durch den ein schlammiges Rinnsal floß. Als Colo sich in Ursas Zelle umsah, entdeckte sie nur zwei Holzeimer, nicht einmal ein Feldbett.

»Ein Eimer für das Wasser, das sie bringen«, sagte Ursa finster, nachdem er ihre suchenden Augen bemerkt hatte, »und der andere für das, was ich ihnen dafür zurückgebe. Glaub mir, hier geht's nicht raus.«

»Gibt es einen Schlüssel?« fragte sie, während sie sich verfluchte, weil sie den rostigen Ring zurückgelassen hatte. Nur die innere Reihe Stäbe schien eine Tür zu haben, ein schweres Metallstück ohne erkennbares Schloß.

»Pah!« schnaubte er. »Die Tür wird durch Zauberei geöffnet, und der einzige Mensch, der sie öffnen kann, ist ›die Herrin‹.«

»Lady Mantilla?«

»Ja«, sagte Ursa. »Sie ist verrückt und gefährlich. Kitiara, ist sie … ist sie bei dir?«

»Ja«, erwiderte Colo nervös. »Sie untersucht einen anderen Tunnel.«

»Du mußt sie finden und warnen«, drängte Ursa. »Sie stirbt als nächste. Ich bin nur deshalb noch am Leben, weil ich der Lady nicht gesagt habe, wer Kit ist oder wo sie steckt.«

Colo warf einen Blick über die Schulter, dann auf ihren blutigen, gequetschten Fuß. Sie fragte sich, wie sie Kit finden sollte, und wie schnell sie ihr folgen konnte. »Was ist da oben?« fragte Colo und zeigte die schmale Treppe hinauf.

»Weiß ich nicht genau«, antwortete Ursa, der gleichfalls Colos blutverkrusteten Fuß ansah und ihre Gedanken las. »Da kommt *sie* immer her.«

Als Colo ihm wieder in die Augen sah, hatte sie sich entschieden. »Hier ist praktisch alles verlassen. Ist sonst noch jemand da? Zauberer? Wir haben einen alten Mann getroffen, der von dieser Eisernen Garde geredet hat …«

»Sie hat eine Truppe Wachen«, warnte Ursa knapp. »Die sind hervorragend. Was die Zauberer angeht, so hat sie jede Woche einen neuen. Die werden bei ihr nicht alt.«

Colo streckte ihm eins von ihren Schwertern mit dem Heft voran durch die Gitterstäbe, dann hinkte sie zur Treppe. Ursa legte sein Gesicht an die inneren Stangen.

»Ich sag's dir, Colo, sie ist gefährlich und wahnsinnig.«

»Ich kann auch gefährlich sein«, zwinkerte die kleine Frau ihm mutig zu, während sie langsam die Treppe hochstieg.

Kitiara erforschte ihren Tunnel. Er war ausreichend beleuchtet, doch es gab keine Abwechslung außer losem Geröll und Abfällen. Der Gang wurde ihr fast langweilig, weil es immer das gleiche war, und Kit kam schnell vorwärts. Sie trug die einzige Waffe, die ihr geblieben war, Becks Schwert.

Nach einer Weile bog der Tunnel nach links ab, wo eine kleine Treppe auf eine tiefere Ebene führte. Als sie nichts Bedrohliches sah, stieg Kit vorsichtig die Stufen hinunter. Die Decke war hier so niedrig, daß Kit sich bücken mußte, um nicht mit dem Kopf anzustoßen. Als der Gang weiterging, wurde die Decke sogar noch niedriger.

Schließlich war Kit gezwungen, auf die Knie zu gehen, um weiterzukommen. Es schien keine Gefahr zu geben außer der, einfach steckenzubleiben.

Als Kit die Höhe der Decke allmählich besorgniserregend fand, sah sie vor sich wieder einen Linksknick. Sie kroch um die Ecke und bemerkte einigermaßen erleichtert, daß die Decke wieder höher wurde und der Steingang zu einer weiteren kleinen Treppe nach unten führte. Diese endete in einem sauberen und größeren Tunnel. Und am Ende des Gangs stand eine riesige, abgedeckte Art Kiste, aus der ein deutliches Tappen und Schnüffeln kam.

Kit zögerte. Was mochte das sein? Sollte sie umkehren und Colo suchen?

Zuerst wollte sie es untersuchen.

Kit glitt langsam vorwärts. Das Licht hier war schwach, doch sie konnte sehen, daß die Riesenkiste in schweren schwarzen Samt gehüllt war.

Als Kit näher kam, wurden die Geräusche lauter, und hin und wieder erklang ein Brüllen, das sie erzittern ließ. Aber nichts griff sie an. Schließlich stand sie vor dem Ding, das ungefähr quadratisch war und doppelt so hoch wie sie. Kit bemerkte eine enge, steinerne Wendeltreppe, die steil nach oben führte und hinter der verhüllten Kiste in der linken Wand verschwand.

Kit lehnte sich nach vorne, berührte mit ihrem Schwert eines der Halteseile an der Seite und schlug es durch.

Als der schwarze Samt hochschnellte und dann um den Käfig – es war ein riesiger Holzkäfig – zu Boden sank, sprang sie zurück. In dem Käfig lief ein Tier herum, das ebenso groß und wild wie schön war: ein schwarzer Panther.

El-Navar!

Obwohl Kit den Karnuthier in seiner Panthergestalt erkannte, erinnerte sich El-Navar offenbar nicht an sie. Sobald der schwarze Vorhang sich hob, sprang das Tier gegen die Stäbe und fletschte seine scharfen Zähne. Seine Augen glühten, sein Fell war ungepflegt, und um das Maul stand Schaum.

Es gab zwei Reihen Stäbe hintereinander, weshalb Kit gefahrlos die äußeren Stäbe untersuchen konnte, ohne daß ihr der Arm abgebissen wurde. Sie bestanden aus einer Art dickem Rohr, ließen sich nicht biegen, und ihr Schwert konnte nur kleine Stückchen abschlagen.

Wieder warf sich der Panther brüllend vor Wut gegen die inneren Stäbe. Selbst auf die Entfernung von mehreren Fuß konnte Kit seinen heißen Atem fühlen. Der Angriff erschreckte sie, und sie wich zurück. Frustriert lief das mächtige Tier auf und ab, belauerte sie und peitschte dabei mit seinem langen, eleganten Schwanz.

War das wirklich der verführerische Karnuthier, mit dem sie ihre erste Liebesnacht verbracht hatte? Minutenlang starrte sie die Raubkatze an und dachte an jene Zeit, die nun schon so lange zurücklag.

Wenn bloß Raistlin hier wäre, dachte Kit. Er hätte gewußt, was zu tun war.

Noch während sie an Raistlin dachte, wanderte ihr Blick nach links, wo sich die steile Wendeltreppe nach oben schraubte. Nach einem mitleidigen Blick auf El-Navar – der immer noch wütend in dem Holzkäfig umherlief –, begann sie hinaufzusteigen.

Kapitel 7

Verlorene Liebe

»Herein«, sagte eine Stimme. »Ich habe dich erwartet.«

Kitiara stieß die Tür weiter auf und betrat kühn den Raum. Sie stand in einer großen, runden Halle in der Spitze des einzigen Turms von Schloß Mantilla, der in den Jahren des Irrsinns unversehrt geblieben war. Kit konnte nicht viel um sich herum erkennen – der Raum war finster, vor den wenigen Fenstern waren die Vorhänge zugezogen. Draußen war allerdings sowieso Nacht.

In der Mitte des Raums saß auf einem Stuhl mit hoher Lehne Lady Mantilla unter einem blassen Lichtkegel, dessen Quelle

Kitiara nicht ausmachen konnte. Obwohl Kit die Frau deutlich erkennen konnte, fragte sie sich, ob ihre Gegnerin sie hier in den Schatten genausogut sah.

Säuberlich aufgereiht stand hinter Lady Mantilla die gefürchtete Eiserne Garde – vier Wachen, um genau zu sein. Sie steckten von Kopf bis Fuß in schwerer Rüstung, die nur Schlitze für Augen, Nase und Mund hatte. Jede hielt ein juwelenbesetztes Schwert. Fast feierlich standen sie da, starr wie Statuen. Insgeheim fragte sich Kit, ob sie sich überhaupt rühren konnten.

Auf einer Seite saß auf einem verblichenen Thron ein dicker Zauberer, dessen zinnoberroter Umhang sein Gesicht verbarg. Auch er bewegte sich nicht, schien Kitiara jedoch vorwurfsvoll anzustarren. Während sie in den Raum hineinging, versuchte Kit, ihn im Auge zu behalten, weil sie vor seiner Magie auf der Hut sein mußte.

Der Raum war unnatürlich kalt und trocken. Wenn Kitiara einen Schritt machte, war das Knirschen unter ihren Füßen überall zu hören.

»Komm rein, sage ich«, sagte die Stimme. »Die Zeit ist kurz. *Deine* Zeit ist jedenfalls ganz sicher kurz. Du wirst noch früh genug tot sein.«

Ihr langes weißes Haar fiel ihr in zotteligen, wirren Strähnen offen über die Schultern fast bis zum Boden. Sie hatte rote Augen und totenbleiche, bläuliche Haut, bis auf die leuchtendroten Wangen. Luz Mantilla konnte nicht viel älter sein als Kitiara, doch sie machte den Eindruck einer alten Wasserhexe.

Die Herrin – denn unter diesem Namen kannten sie ihre Diener – war in ein weißes Spitzengewand gekleidet, das verschlissen war und dessen einer Ärmel gänzlich fehlte. Es war ihr Hochzeitskleid, erkannte Kit, oder wäre es gewesen. Luz Mantilla umklammerte die Armlehnen ihres Stuhls, als sie sich nach vorne neigte, um Kitiara ins Auge zu fassen.

Kit war am Rand des Saals geblieben und hatte angefangen,

den Raum zu umkreisen, um ihre Verteidigungsmöglichkeiten zu prüfen. Einst war es wohl ein prächtiges Zimmer gewesen. Jetzt war es abstoßend, voller Schmutz und Exkremente.

Schwarzer Samt bedeckte Wände und Möbel, was zu der düsteren Atmosphäre beitrug. In einer Ecke stand ein säuberlich gemachtes Himmelbett, das jedoch staubig und von Spinnweben überzogen war. Wahrscheinlich hatte noch nie jemand darin geschlafen. Ein Blick nach oben verriet Kit, daß die Holzdecke mit den Schindeln in fortgeschrittenem Fäulniszustand war.

An den Wänden hingen goldgerahmte Gemälde und ehemals herrliche Wandbehänge in verblichenem Orange und Purpurrot. Als Kitiara eines dieser Werke betrachtete, auf dem ein Mädchen mit Mondgesicht zu Füßen eines stolzen Edelmanns saß, merkte sie, daß es Lady Mantilla als unschuldiges Mädchen darstellte, ehe sie durch die Zeit, die Tragödie und wahrscheinlich Schwarze Magie gezeichnet worden war.

»Ja«, sagte die Stimme, die aus dem Mund der verfallenen Frau flatterte, »das war ich. Damals.« Mit einer Handbewegung zeigte sie auf das Gemälde, das Kit angestarrt hatte. »Und mein Vater«, plötzlich triefte die Stimme vor Verachtung, »natürlich, bevor ich ihn getötet habe. Er war mein erstes Opfer. Er hat hinter der ganzen üblen Sache gesteckt, wie du weißt. Er dachte, er wüßte, was für mich das beste wäre. Ich habe mich um meines Geliebten willen an ihm gerächt.«

Sie lehnte sich zurück und betrachtete Kit.

Kit blieb stehen und machte einen Schritt auf die Frau zu, um sie besser ansehen zu können, während sie sich gleichzeitig dem dicken Magier näherte, der sie mit steinernen, haßerfüllten Augen anzustarren schien.

»Bevor er starb«, fuhr Lady Mantilla gelangweilt fort, »war mein Vater noch so gut, mir zu sagen, daß Radissons Bruder den, hm, Zwischenfall inszeniert hat, der mit dem Tod meines « – hier zitterte ihre Stimme – »Liebsten endete. Der starb dann etwas schnell. Ich hätte es vorgezogen, ihn länger leiden zu lassen. Damals war ich natürlich noch Neuling auf diesem Gebiet.«

Sie legte den Kopf zurück und stieß ein langes, trillerndes Lachen aus, das auf einem königlichen Maskenball nicht fehl am Platze gewesen wäre, nur daß es einen irren Beiklang hatte.

Kit fragte sich, was sie machen sollte. Sie konnte gegen die vier aus der Eisernen Garde und dazu noch den Zauberer und die Wahnsinnige kaum etwas ausrichten, doch es war zu spät, um umzukehren und Colo zu holen. Und merkwürdigerweise hatte noch keiner einen Schritt in ihre Richtung gemacht. Unauffällig – so hoffte sie jedenfalls – schob sie sich auf den Magier zu, der in Mantel und Kapuze unergründlich dasaß.

»Es war einfach, Radisson mit seinem Bruder in Verbindung zu bringen, aber es dauerte etwas länger, als ich gehofft hatte, Radisson selbst aufzuspüren. Dann hatte ich Glück. Er war mit dem Panthermann zusammen. El-Navar, so heißt er doch?«

Kit beherrschte ihre Stimme. »Warum hast du El-Navar nicht wie Radisson getötet?«

Die Herrin runzelte die Stirn. »Das hat mich ziemlich aufgeregt. Dieser komische Mann konnte sich in einen Panther verwandeln, und damit hatte ich nicht gerechnet. In dieser Gestalt steht er anscheinend unter einem besonderen Schutz, und ich kann mich nicht mit ihm verständigen. Oder ihn töten. Glaub mir, ich hab's versucht. Und wie! Ich halte das Ungeheuer unter der Erde im Käfig und weiß immer noch nicht, was ich mit ihm anstellen soll.«

Kit war nah genug an den Magier herangekommen, um handlungsfähig zu sein. Schwungvoll holte sie mit dem Schwert aus und zog es blitzschnell herunter. Sie hackte dem Mann die rechte Hand ab, die auf den Boden fiel. Doch es floß kein Blut aus dem Arm, und unerklärlicherweise zuckte der Zauberer noch nicht einmal zusammen.

Lady Mantilla kreischte vor Lachen. »Ach, du meine Güte«,

gackerte sie, »du hast vor diesem blöden Zauberer Angst gehabt. Das war Nummer dreiundsiebzig, der letzte von denen, die mir helfen sollten. Ich habe ihn schon vor Tagen umgebracht, wie ich sie alle wegen ihres Versagens und ihrer Tricks getötet habe. Ich habe ihre Tricks bald raus, und dann langweilt mich ihr Getue.«

Kit blieb wachsam, während sie sich fragte, ob sie wohl genauso dämlich und verwirrt aussah, wie sie sich vorkam.

Die Stimme der Lady nahm einen tieferen, fast männlichen Tonfall an. Trotz der unheilverkündenden Stimmlage lag darin auch ein Hauch Beklemmung. »Du weißt nicht, wie das ist«, sagte Luz Mantilla zu Kit, »wenn du jemanden verlierst, den du liebst. Wenn du dir dein Leben an seiner Seite erträumt hast und diesen Traum verlierst. Wenn du allein zurückbleibst. Ganz allein. Allein!« Sie ließ sich gehen und schluchzte, die Hände vor dem Gesicht.

Kit musterte die Eiserne Garde hinter der Lady. Sie konnte weder die Augen sehen noch irgendeinen anderen Hinweis erkennen, ob sie Menschen waren. Durch die schmalen Schlitze schienen sie sie kalt zu betrachten. Waren sie auch tot wie der Zauberer, oder waren es nur leere Metallhüllen?

Als hätte sie ihre Gedanken gelesen, fuhr Lady Mantillas Kopf hoch. Mit magerem Finger schrieb sie ein Muster in die Luft. Die vier Wachen begannen, sich so geschickt und behende zu bewegen, daß Kit verblüfft war. Das einzige Geräusch, das sie verursachten, war das Klirren ihrer Waffen. Sie kamen nicht auf sie zu, sondern schritten wie in einem Tanz zu den Wänden, wo sie an vier gleich weit voneinander entfernten Punkten um den Raum herum Stellung bezogen. Kit stellte zu ihrem Unbehagen fest, daß sie im Zentrum dieser Anordnung stand.

Indem sie ihr Messer und ihr Schwert kampfbereit vor sich hielt, bemühte Kit sich nach Kräften, möglichst bedrohlich zu erscheinen.

Lady Mantillas Gesicht strahlte. Ihr Lächeln entblößte ihre fauligen gelben Zähne. »Meine Eiserne Garde macht dir angst«, sagte sie fast augenzwinkernd. »Die sind lebendiger als mein Zauberer. Gut, nur halblebendig oder eher *halbtot*, aber so gefallen sie mir besser. Es sind nur noch vier übrig, zu schade. Ich glaube, mit den übrigen war ich ein bißchen voreilig. Aber das wichtigste ist« – sie schnalzte mit der Zunge und legte einen Finger an den Kopf – »das wichtigste ist, daß sie so geschaffen sind, daß sie alles für mich tun würden, selbst sterben. Darin sind sie unübertroffen treu, im Sterben, meine ich. Soll ich es vorführen? Zierold!«

Einer der Männer trat mit quietschender Rüstung einen Schritt vor. Kit war auf einen Zweikampf gefaßt, doch Lady Mantilla zirpte: »Spring doch bitte für mich aus dem Fenster, ja, Zierold?«

Der schwer bewaffnete Zierold marschierte zu einem der samtverhangenen Fenster. Tänzerisch leicht schwang er sich auf den Sims, drehte sich um, um vor der Lady zu salutieren, und warf sich dann ohne Zögern hinaus. Es gab eine lange Stille, dann einen dumpfen Aufprall. Lady Mantilla quietschte regelrecht vor Vergnügen.

Gut, dachte Kit, einer weniger. Sie stellte sich etwas anders hin und hatte keine der verbliebenen Wachen genau im Rücken.

»Ja«, fuhr die Lady fort, »es war leicht, Radisson und El-Navar zu ergreifen, aber etwas schwieriger, diesen schlauen Ursa zu finden. Anscheinend tauchte er immer wieder unter. Er trennte sich eine Zeitlang von Schlaukopf. Wir folgten Schlaukopf, doch auch dem gelang es, uns abzuschütteln. Sie verkleideten sich, schliefen im Freien, reisten Hunderte von Meilen außerhalb meiner Reichweite.

Über Ursa fand ich alles Erfahrbare heraus. Überall hatte ich Spione und Kontaktleute. An keinem Ort war er zweimal, und immer war er uns einen Schritt voraus. Aber am Ende wußte ich mehr über ihn und seine Gewohnheiten als seine eigene Mutter, und ich wußte, daß ich ihn irgendwann erwischen würde.«

Jetzt wurde ihre Stimme samten wie die Vorhänge. »Herauszufinden, wer du warst, war schwieriger, als Ursa zu finden, meine Liebe«, gurrte die Lady. »Radisson kam nicht mehr dazu, es mir zu sagen, und El-Navar spricht als Panther nicht allzugut. Von den Augenzeugen wußte ich, daß fünf Leute dabei waren, aber ich hatte nie in Betracht gezogen, daß einer von ihnen eine Frau gewesen sein könnte. Bis dann rein zufällig einer meiner Detektive auf einem Schiff mitfuhr, wo er das Schwert meines Liebsten sah. Aber selbst da glaubten wir noch, es wäre dieser Patrick. Der hat natürlich behauptet, er wüßte von nichts. Aber er mußte trotzdem sterben. Um ganz sicherzugehen.«

Während die Lady mit ihrer Geschichte beschäftigt war, war Kitiara näher gerückt, bis sie nur noch weniger als ein Dutzend Schritt von ihr entfernt war. Mit dem nächsten Schritt betrat Kit den blassen Lichtkegel, der Luz umgab, so daß die verhärmte Frau sie zum ersten Mal deutlich sehen konnte. Und dabei keuchte Lady Mantilla auf.

Sie sank vor Entsetzen in sich zusammen. Diese Reaktion überraschte Kit dermaßen, daß sie erstarrte und dann einen Schritt nach hinten zurück in die Schatten machte. Da erst kam Kit darauf, daß sie mit ihren kurzen Haaren und im Kampfanzug für die verwirrte Lady immer noch Beck Gwatmey ähnelte.

Kitiara trat wieder ins Licht. Becks Schwert glitzerte.

»Also du bist es?« flüsterte die Frau. »Du bist es! Du hast das Schwert.«

Hinter sich konnte Kitiara das Klirren der Eisernen Garde hören, die sich in Marsch setzte. Sie kam noch einen Schritt näher.

»Das Schwert, das ich meinem Liebsten schenkte ...« Die

Lady stöhnte kläglich. »Sein Verlobungsgeschenk. Er hatte es bei sich, als man ihn … *meuchelte.*«

»Damit hatte ich nichts zu tun«, sagte Kit wahrheitsgemäß.

Der Gesichtsausdruck der Lady veränderte sich. Sie beugte sich nach vorn und erschauerte, um sich dann wieder aufzurichten. Ihr Gesicht war wutverzerrt. »Du mußt sterben, weil du dabei warst«, kreischte Lady Mantilla. »Du mußt sterben! Sterben! Ich habe es geschworen!«

Kit konnte hinter sich die Wachen hören. Mit gezücktem Schwert sprang sie auf die Lady zu, so daß die Verrückte in ihrem Stuhl gefangen saß.

Aus der Nähe konnte Kitiara erkennen, daß Lady Mantillas Gesicht von tiefen Falten durchzogen und mit weißem Puder und Rouge grell geschminkt war. »Ruf sie zurück«, befahl Kit angespannt.

»Du kannst mich nicht töten«, gab die Herrin zurück. »Ich bin schon lange, lange tot. Seit damals.«

»Ruf sie zurück«, wiederholte Kit, die der Herrin ihr Schwert an den Hals setzte, während sie nervös einen Blick nach hinten warf. Die drei restlichen Gardisten traten langsamer und vorsichtiger heran. Aber immer noch näherten sie sich mit jener erstaunlichen Anmut, mit der sie sich trotz der schweren Rüstungen bewegen konnten. Jetzt hatten sie ein enges Dreieck um Kit gebildet und kamen immer näher.

»Sag mir deinen Namen!« zischte die Lady.

»Kitiara Uth Matar«, verkündete Kit.

Urplötzlich hörte sie ein leises, gleitendes Geräusch, das sie nicht einordnen konnte, dann einen schrillen Schrei. Hinter ihr kam jemand hinter einem Wandbehang hervor aus einer verborgenen Tür gestürmt, den sie fast vergessen hatte – Colo.

Die Waldläuferin zog einen Fuß nach, hinter sich her, überwand die kurze Entfernung jedoch, bevor einer der Anwesenden reagieren konnte. Geschickt sprang sie einem aus der Eisernen Garde auf den Rücken, krallte sich am Hals der Wache fest und versuchte vergeblich, einen Punkt zu finden, wo sie Messer oder Schwert durch den bleiernen Schutz stechen konnte.

Kits Aufmerksamkeit war höchstens drei Sekunden abgelenkt, doch als sie sich wieder zu Lady Mantilla umdrehte, war die Frau vom Thron verschwunden. Gackernd stand sie in einem anderen Teil des Zimmers. Kitiara hatte allerdings keine Zeit, sich über ihr Versagen zu ärgern, denn sie vernahm hinter sich weiteres Klirren und Scheppern und fuhr gerade rechtzeitig herum, um sich vor dem Schlag einer der Wachen zu ducken.

Wie ein Tänzer wirbelte dieser Gardist hinter Kit her und zielte erneut auf ihren Kopf. Rechtzeitig erhob sie Becks Schwert, und die Waffen prallten mit großer Gewalt aufeinander. Die größere Stärke ihres Gegners warf Kit rücklings gegen die Wand. Noch während sie abrollte, stieß sie mit dem Messer nach oben, traf aber nur Metall.

Colo erging es nicht besser. Sie ritt auf dem breiten Rücken ihrer Eisernen Wache, die im Raum herumrannte und Möbel und Wände rammte, um sie loszuwerden. Sie hielt sich unbeirrt fest, obwohl ihre Waffen nutzlos waren, und dabei verfluchte sie ihren Gegner.

Der dritte Gardist schien kurzfristig unsicher zu sein, was er tun sollte. Er war näher bei Kit und deren Kampf, doch Colo und ihr Gegner waren praktisch überall, während sie stolpernd durch den Raum jagten. Dieser dritte Gardist kam zögernd ein paar Schritte auf Kit zu, bevor er sich umdrehte und auf Colo zuhielt.

Von der einen Seite des Saals sah Lady Mantilla dem Durcheinander befriedigt zu und verspottete Kit.

Wie zur Antwort machte Kit einen Scheinangriff mit dem Schwert, um dann plötzlich nachzugeben. Die Wache konnte ihren großen Schwung nicht mitten im Schlag abbremsen. Sie krachte mit dem behelmten Kopf gegen die Wand, und bis sie sich umdrehen konnte, war Kit entwischt und fast wieder in der Mitte des Raums.

Obwohl sie etwas benommen war, hatte Colo endlich begriffen, daß ihr Schwert nicht viel nutzte. Sie ließ es auf den Boden fallen. Ihre Beine lagen immer noch um die Brust der Wache, als sie mit beiden Händen herumgriff und mit dem Messer nach oben in die Augenschlitze der Eisernen Garde stach. Ein unnatürlicher Schmerzensschrei erfüllte den Raum. Der Gardist fiel auf die Knie und faßte sich an die Augenschlitze, doch Colo hielt sich fest und stach immer wieder ihr Messer hinein.

Kits Gegner setzte ihr wieder zu, und sie wich unter Scheinangriffen zurück. Plötzlich machte die Wache einen Schritt zurück und überraschte sie durch eine geschmeidige, fast hypnotische Geste, an der der Schwertarm nicht beteiligt war. Der Gardist riß etwas vom Tisch, einen Zierteller, und schleuderte ihn nach ihr. Er traf Kit am Kinn. Sie knickte zusammen, richtete sich jedoch blutend und etwas wacklig wieder auf.

»Kit!« schrie Colo keuchend.

Kitiara schaffte es, sie anzusehen und ihr beruhigend zuzunicken. Dabei aber war Colo einen Moment zu lange abgelenkt. Der dritte Feind, der sich hinter sie geschlichen hatte, sah seine Chance und stieß Colo das Schwert in den Rücken. Ihr Gesicht gefror. Sie sackte zu Boden.

Im gleichen Augenblick brach die Wache mit dem Messer in den Augenschlitzen verrenkt zusammen.

Kit stieß einen Schrei aus. Obwohl sie dabei der Wache, die sie verfolgte, den Rücken zuwendete, rannte sie quer durch den Raum auf den zu, der Colo erstochen hatte. Der Gardist sah ihren Angriff voller Überraschung? Furcht? kommen. Da er ohne Schwert war, das immer noch im Rücken der armen Colo steckte, versuchte er, sein Messer zu ziehen.

Kits Schwung warf den Gardisten rückwärts um, so daß sie auf seiner Brust saß. Der Mann schlug wild nach ihr, doch Kit stieß ihm fest und schnell, wieder und wieder, den Knauf von Becks Schwert ins Gesicht, wodurch sie die Maske in zerbeultes Blech verwandelte.

Der Gardist griff nach der Maske, hustete und keuchte.

Kit kam hoch und zog Colo, so sanft und schnell sie konnte, das Schwert aus dem blutigen Rücken, um dann ihre Freundin herumzudrehen. Colos Mund und Augen standen offen. Ihr Gesicht war leichenblaß.

»Colo …« Kit wollte etwas sagen. Doch ihr blieb keine Zeit, nach den passenden Worten zu suchen, denn sie hörte es klirren. Sie sah gerade rechtzeitig hoch, um sich vor der letzten Eisernen Garde davonzurollen, die sich auf sie geworfen hatte.

Das Schwert fiel hin, und ihres schlitterte davon, weil sie es bei dem knappen Entkommen verloren hatte. Ihr Gegner hatte immer noch ein Messer, sie hingegen keine Waffe. Er stürzte sich auf sie, doch sie ergriff seine gepanzerte Brust.

Ringend rollten sie über den Boden, spuckten und fluchten einander ins Gesicht. Nur vage nahm sie Lady Mantilla wahr, die mehrere Fuß hinter ihr kauerte und alles mögliche zischte. Der Eiserne Gardist wog doppelt so viel wie Kitiara. Sie schaffte es gerade so eben, sich nicht von ihrem Gegner zerquetschen zu lassen.

Sie kugelten über die Einrichtung, als sie zur Mitte des Raums rollten. Der Kampf kostete beide Kraft, doch Kitiaras Stärke nahm rascher ab. Schließlich schüttelte der Gardist Kitiara ab, schaffte es, über sie zu kommen, und riß das Messer hoch. Verzweifelt warf Kit den Kopf zur Seite. Sie spürte, wie der Dolch des Gardisten an ihrem Kopf vorbeisauste. Beim Auftreffen auf den Boden brach die Spitze ab.

Ihre linke Hand tastete auf dem Boden herum, fand jedoch nichts. Mit der ausgestreckten rechten berührte sie die Spitze von Colos Schwert.

Ihr Gegner versuchte eilends, ein zweites Messer zu ziehen, als Kit das Schwert der Waldläuferin schwang und ihm mit dem

Heft gegen den Kopf schlug. Der Treffer brachte die Wache aus dem Gleichgewicht und führte dazu, daß sie ihr zweites Messer fallen ließ.

Kit sprang auf und stolperte nach hinten. Es gelang ihr, sich zu fangen, während ihr Widersacher auf die Beine kam. Jetzt war sie diejenige mit Schwert und ihr Gegner waffenlos.

Dieser wich rücklings zur Wand zurück. Kit legte beide Hände um den Schwertknauf, senkte etwas den Kopf und stürmte los. Sie stach aufwärts in den Helm und hatte gut gezielt: Das Schwert glitt durch den Mundschlitz. Der Ritter war sauber an die Wand genagelt, wo er stöhnte und zuckte.

Kit war ausgelaugt. Ihre Kleider waren zerrissen, ihr Körper von Kratzern und Blutergüssen übersät. Sie brauchte ihre ganze Kraft, um das Schwert zurückzuziehen. Der Gardist rutschte auf den Boden.

Kitiara drehte sich zu Lady Mantilla um, die zu ihrem Stuhl in der Mitte des Raums zurückgekehrt und wieder von dem blassen Lichtkegel umgeben war.

Kit hob ihr eigenes Schwert auf und näherte sich vorsichtig, während sie den Raum nach weiteren Feinden oder magischen Gegenständen absuchte. Die Herrin beobachtete sie höhnisch.

»Schade um deine Freundin.« Lady Mantilla triefte vor Sarkasmus. »Colo? Hieß sie nicht so?«

Die Herrin machte eine unauffällige Handbewegung, die Kit vielleicht noch nicht einmal bemerkt hätte, hätte sie solche Dinge nicht von Raistlin gekannt.

Kitiara war bis auf wenige Fuß an die Herrin herangetreten, sah sich jetzt jedoch außerstande, noch näher zu kommen. Irgendein Kraftfeld, eine Art unsichtbare Wand, hielt sie auf. Gebückt tastete sich Kit mit den Händen weiter, um festzustellen, wo die Barriere anfing und aufhörte.

»Ich habe auch mal einen Freund verloren«, sagte Lady Mantilla mit ihrer tiefen Stimme. »Den einzigen wahren Freund, den ich je hatte. Den einzigen Menschen, den ich je geliebt habe, der mich je geliebt hat. Jetzt weiß du, wie das ist, Kitiara Uth Matar.«

Kit erschauerte, als sie begriff, daß das Kraftfeld nicht schützend um Lady Mantilla lag. Es umgab sie selbst. Kit konnte nur wenige Fuß nach vorn, zurück oder seitwärts gehen. Die Wand überragte ihre Körpergröße bei weitem, und sie konnte das Ende nicht erfühlen. Sie saß gefangen wie eine Spinne im Marmeladenglas.

Als sie Luz Mantilla ansah, bemerkte Kit, wie deren irrer Blick auf dem Schwert in Kits Händen ruhte. Wenn das Schwert sich bewegte, folgten ihm Lady Mantillas Augen.

»Mein schönes Schwert«, stöhnte die Herrin leise, während sie selbstvergessen durch ihr weißes, wirres Haar strich. »Mein kostbares Liebesgeschenk. Ich hätte es gern zurück. Ich hätte es gern als … Erinnerung.«

»Du bekommst es zurück, Hexe«, murmelte Kitiara, »mitten in dein Herz.«

»Was habe ich dir angetan, Kitiara Uth Matar?« säuselte die Herrin kummervoll, deren Augen das Schwert nicht losließen, das Kit von einer Hand in die andere nahm. »Was habe ich dir getan, daß du helfen konntest, meinen Verlobten umzubringen?«

Kit schwieg.

»Ich verstehe dich nicht«, sagte Lady Mantilla. »Jetzt, wo ich deinen Namen kenne, befremdet mich dein Verhalten noch mehr. Wegen deiner Verbündeten.«

Kit starrte sie an. »Was soll das heißen?«

»Dein Name – Matar. Dein Vater war doch Gregor Uth Matar?«

»Was weißt du über meinen Vater?« fragte Kit, deren selbstsicherer Tonfall zitterte.

»Ich habe dir doch gesagt, ich habe eine lange Akte über Ursa«, sagte Lady Mantilla fast ungeduldig. »Ich habe dir gesagt, ich weiß alles über ihn – wo er jemals war, was er getan hat, wie er vorgegangen ist.«

»Was willst du damit sagen?«

»Was ich sagen will?« wiederholte Lady Mantilla. »Ich will sagen, wie kannst du mit dem Menschen unter einer Decke stecken, der deinen Vater verraten hat?«

»Was?«

Lady Mantillas Augen verrieten echtes Erstaunen. »Du weißt es nicht«, murmelte sie. »Du weißt es wirklich nicht ...«

»Was soll dieser Trick?« Wütend machte Kit einen Schritt auf die Lady zu. Vergeblich. Die unsichtbare Wand hielt sie auf.

Lady Mantilla legte den Kopf zurück und gab ein langes, schrilles Gelächter von sich. »Es war vor vier Jahren in Whitsett, hoch im Norden. Ursa gehörte zu einem Söldnerheer, das unter deinem Vater einen Entscheidungskampf ausfocht. Gregors Männer waren siegreich, und nach der Schlacht war es Gregor, der die Kapitulationsbedingungen aushandelte. Umringt von seinem treu ergebenen Gefolge, wartete er auf offenem Gelände, während die andere Armee heranritt, um die Waffen niederzulegen.

Was dein Vater nicht wußte: Unter seinen eigenen Männern war eine Gruppe, die die Verteilung der Belohnung für seine Siege nicht gerecht fand. Sie glaubten, er würde sich auf ihre Kosten bereichern. Unter ihnen war ein Mann, ein Oberleutnant, der Gregor bis dahin treu zur Seite gestanden hatte. Er rief diese Gruppe zu einer geheimen Versammlung. Sie schworen, Gregor zu verraten. Angeführt von Ursa Il Kinth, half diese Gruppe, den Sieg zu verfälschen, und Gregor wurde beim Friedensrat verhaftet.«

»Lügnerin!« rief Kit, doch die Anklage kam halbherzig. Die Geschichte von Luz ähnelte sehr derjenigen, die Kapitän La Cava Kit an Bord der *Silberhecht* erzählt hatte. Vielleicht hatte die Herrin dieselbe Geschichte gehört und schmückt sie jetzt aus, um mich gegen Ursa aufzuhetzen, hoffte Kitiara insgeheim.

»Nein«, summte Lady Mantilla, die ihre Gedanken las, »keine Lüge. Diese Wahrheit ist zu schrecklich für eine Lüge, meinst du nicht auch? Ursas Männer haben deinen Vater umringt, ihn mit Lederriemen gefesselt und ihn der gegnerischen Seite ausgeliefert. Ursa bekam den doppelten Lohn, den dein Vater ausgemacht hatte, und teilte ihn unter den Verschwörern auf. Danach trennten sie sich. Dein Vater wurde in Ketten in den Kerker geschleppt, wo er auf seine Hinrichtung warten sollte. Was für ein schöner Zufall, daß seine Tochter sich mit seinem Verräter zusammengetan hat!«

Wieder warf Lady Mantilla den Kopf zurück und kreischte vor Lachen. Ihr Gegacker dauerte mehrere Minuten, bis es seltsamerweise in ersticktes Schluchzen überging.

Kit schwirrte der Kopf. Sie ballte die Fäuste und preßte sie sich ins Gesicht. Als sie sich von der Herrin abwandte, lief ein Zittern durch ihren Körper. Sie ließ Becks Schwert fallen.

Ein Rascheln ließ sie aufblicken. Mit ganz anderer Miene und fast gelöster Ausstrahlung war Lady Mantilla aufgestanden. Sie zeigte auf die Tür hinter dem Wandbehang, durch den Colo hereingekommen war.

Es wurde still.

Mit einer raschen Bewegung trat Kitiara an Becks Schwert, das zu ihren Füßen lag, und die Waffe rutschte zu ihrer Gegnerin. Lady Mantilla bückte sich, um es hastig aufzuheben. Dabei hörte Kit ein Zischen – das Kraftfeld löste sich auf. Sie rannte zu der verborgenen Tür.

Hinter ihr setzte sich Lady Mantilla mit einem merkwürdig ruhigen Lächeln auf den Lippen wieder hin und spielte mit dem Schwert ihres Geliebten.

Kit stürmte die Stufen herunter, wo sie unvermittelt auf Ursa stieß, der am anderen Ende seiner Zelle kauerte. Der Söldner sprang aufgeregt auf und klammerte sich an die innere Gitterreihe.

»Kit! Wo ist Colo? Kannst du mich hier rausholen?«

Eine Minute lang konnte sie gar nichts sagen, sondern Ursa nur anstarren. Sie erinnerte sich daran, wie sie ihn rein zufällig kennengelernt hatte, und wie er immer wieder unerwartet ihr Leben beeinflußt hatte. Jetzt sah er mehr tot als lebendig aus; wie sie selbst wahrscheinlich auch. Doch seine Augen strahlten sie an. Die ganze Zeit hatte er diesen sympathischen, durchtriebenen Ausdruck beibehalten.

Unter anderen Umständen hätte sie sich zu ihm hingezogen gefühlt, weit mehr als zu El-Navar. Doch sie wußte, daß Lady Mantilla ihr die Wahrheit gesagt hatte, und in diesem Augenblick haßte sie Ursa von ganzem Herzen.

»Was ist los?« fragte er, als sie nicht gleich antwortete. »Ist etwas schiefgegangen?«

Kit lehnte sich rücklings gegen die Wand und rutschte erschöpft auf den Boden. »Colo ist tot«, sagte sie schlicht.

»Tot!« Er wirkte ehrlich erschüttert. »Erst Radisson, dann El-Navar, Schlaukopf bestimmt auch. Und jetzt Colo ...«

»El-Navar ist nicht tot«, sagte sie kurz angebunden.

»Nicht?«

»Ich habe ihn gesehen. Er steckt in einem anderen von diesen Tunnels – in Pantherform. Er hat mich nicht erkannt. Lady Mantilla hat gesagt, sie hätte versucht, ihn zu töten, doch es ging nicht.«

»Also hast du sie getroffen! Du hast sie besiegt.« Wie er grinsen konnte.

»Nein«, sagte Kit trübsinnig. »Sie hat mich besiegt.«

»Aber«, meinte Ursa befremdet. »Du lebst noch. Wie –«

Sie stand auf. »Ich habe ihr Becks Schwert überlassen. Das war alles, was sie wirklich wollte – das Schwert, das du Sir Gatmeys Sohn abgenommen hast.«

Darüber dachte er einen Augenblick lang nach. Dann warf

Ursa den Kopf zurück und stieß ein Lachen aus, das trotz seiner mitgenommenen Erscheinung seine Kraft verriet. »Gut. Und kannst du mich jetzt hier rausholen?«

Sie sah wenig interessiert zu der Zelle. »Kann ich nicht«, sagte sie, »und selbst wenn ich es könnte, würde ich es nicht tun.«

»Warum nicht?« fragte er wieder verwirrt.

»Im Austausch für das Schwert hat sie mir die Wahrheit erzählt – über dich.«

»Welche Wahrheit?« grollte er.

»Daß du meinen Vater verraten hast.«

Seine Augen flogen auf. Ursa öffnete den Mund, um etwas zu sagen, besann sich dann aber eines Besseren. Er drehte sich um, ging zur Wand zurück, schlug gegen etwas und kehrte zum Gitter zurück. Sein Gesicht war hart geworden.

»Ich nehme an, du glaubst ihr«, setzte er an.

»Sollte ich das nicht?«

Er rüttelte verzweifelt, aber vergeblich an den Gitterstangen. In seine Stimme schlich sich ein Hauch von Angst. »Du mußt mich hier rausholen, Kit«, bettelte er. »Du mußt mir helfen. Du wirst schon einen Weg finden.«

»Ich will nur eins wissen: Warum hast du das getan? Warum?«

Er verdrehte die Augen. »Sei nicht naiv, Kit«, sagte er wegwerfend. »Das war ein Geschäft. Ein Handel! Es war Geld. Mit deinem Vater hatte es nichts zu tun. Eigentlich mochte ich deinen Vater.«

»Du warst sein Freund!«

Achselzuckend lächelte er. »Kein besonders guter.«

Sie sah ihn wütend an. »Du hast ihn in den Tod geführt.«

»Aber er ist nicht gestorben!« protestierte Ursa. »Er war zum Tode verurteilt, ja, einen Monat und einen Tag nach seiner Festnahme, aber ich habe dem Wärter Geld zugesteckt. Ich bin sicher, daß er entkommen ist.«

»Wieder eine von deinen Lügen.«

»Ich habe nicht so lange dort gewartet«, sagte er störrisch. »Ich sage dir, es war nicht nur, daß ich mich gegen ihn gestellt habe. Auch ein paar von seinen Männern sollten hingerichtet werden. Aber Gregor ist nicht gestorben, bestimmt nicht. Nicht Gregor. Der hatte immer dieses Kenderglück.«

»Erwartest du wirklich, ich nehme dir das ab, nachdem du eingestanden hast, daß du ihn verraten hast?«

»Dich habe ich nicht verraten«, wehrte er sich. »Dich habe ich nicht verraten. Sie haben mich geschlagen und halb verhungern lassen, aber ich habe ihr nicht deinen Namen verraten.«

»Pah!« fauchte sie. »Du hast ihr nichts gesagt, weil du deine eigene Haut retten wolltest. Wenn sie gewußt hätte, wer ich bin, dann hätte sie für dich keine Verwendung mehr gehabt und dich auf der Stelle umgebracht. Du würdest jeden verraten.«

»Nicht dich«, sagte er mit zitternder Stimme.

In dem kreisrunden Saal oben im Turm saß Luz Mantilla auf ihrem Stuhl und starrte ihr Porträt an, das an einem fernen Ort zu einer fernen Zeit entstanden war. In der Hand hatte sie das Schwert von Beck Gwatmey, den sie geliebt hatte, und sie hob die Klinge hoch in die Luft, drehte und untersuchte sie in dem blassen Lichtkegel. Kitiara und El-Navar und Ursa und den ganzen Rest hatte sie völlig vergessen – alles und jeden. Sie dachte nur noch an Beck, der schon so lange tot war und auf sie wartete. Irgendwo.

Sie umfaßte den Knauf und drehte die Klinge um, bis sie nach unten zeigte. Dann trieb sich Lady Mantilla mit einer Freude, die sie lange nicht gefühlt hatte, die Spitze ins Herz.

Kit starrte Ursa haßerfüllt an, als ein leises Grollen den Steingang erschütterte. Die erste Gitterreihe seiner Zelle verschwand vor ihren Augen, und die innere Tür sprang auf.

Kit zwinkerte. Auch Ursa reagierte langsam.

Kits Augen glitten zu dem Schwert, das Colo ihm hier gelassen hatte, aber Ursa war näher dran als sie und hatte sich bereits gebückt, um es zu nehmen. Jetzt trat er durch die Tür und über die Linie, wo die Stangen gewesen waren.

Kit machte einen Schritt zurück.

»Da rein«, sagte er mit einem Wink zur Zelle.

Sie rührte sich nicht. »Wie willst du die verschließen?« fragte Kitiara verächtlich.

Das brachte Ursa zum Nachdenken. Er kratzte sich am Kopf. »Dann muß ich dich wohl töten«, sagte er gelassen.

Er sprang auf sie zu, doch Kit war eine bessere Kämpferin als bei ihrer ersten Begegnung, wo sie noch ein Kind gewesen war. Sie packte ihn am Handgelenk und trat nach oben, womit sie ihm den Arm brach. Trotz seiner Schwäche warf er sie zurück, während beide um das Schwert kämpften. Sein Gesicht war direkt vor ihr, doch vor Kits Augen schwamm nur das Gesicht von Gregor Uth Matar. Sie spürte einen Adrenalinstoß.

»Genau wie früher!« versuchte Ursa zu witzeln, als Kit ihm das Schwert entriß und ihm mit dem Ellbogen ins Gesicht stieß. Er verlor das Gleichgewicht und stürzte auf den Rücken, wobei er erstaunt zu ihr hochsah – gerade rechtzeitig, um zu sehen, wie Kit das Schwert in seine Brust rammte.

Er versuchte aufzustehen, brach jedoch zur Seite zusammen. Mit dem freien Arm griff Ursa noch nach Kit, fiel dann aber zurück und war tot.

Sekundenlang sah Kit ihn an, denn sie verabscheute ihn, fühlte jedoch auch Mitleid. Sie brachte es nicht über sich, das Schwert herauszuziehen. Unbewaffnet rannte sie durch den Tunnel zurück.

Später – da sie jedes Zeitgefühl verloren hatte, konnten es Stunden, Tage oder Jahre sein – stolperte Kit aus Schloß Mantilla heraus.

Der Nebel hob sich langsam.

Neben dem Eingang lag ein Körper in einer Blutlache. Er gehörte dem geschwätzigen alten Wärter, der zertrampelt und zerrissen war. Er war nicht schnell genug davongelaufen. Als Kitiara auf die Erde blickte, sah sie die Spuren dessen, der den alten Mann umgebracht hatte: Fußabdrücke eines riesigen Panthers.

El-Navar war frei.

Sie konnte kaum die Beine bewegen. Sie ging, als würde sie durch Treibsand waten. Ihr Kopf glühte. Ihre Muskeln waren wie tot. Ein Arm hing schlaff an der Seite herunter. Zum Glück war ihr Pferd noch am Leben und wartete auf sie.

El-Navar hatte eine deutliche Spur hinterlassen. Einen Augenblick lang zog Kitiara in Betracht, ihm zu folgen, doch die Spuren führten nach Süden. Mühevoll kletterte sie auf ihr Pferd und war sich kaum dessen bewußt, daß sie das Tier nach Norden trieb. Der Norden war ihr Ziel; dort wollte sie etwas über ihren Vater herausfinden.

Epilog

Kein Mensch in Whitsett konnte Kit sicher sagen, was aus Gregor geworden war.

Die Reise dorthin dauerte neun Wochen – durch das Ostwall-Gebirge an die Neue See, ein Zwischenstop auf der Insel von Schallmeer, dann weiter ins Zentrum von Solamnia, in das Land Trot.

Über menschenleere Berge und unwirtliche Gewässer, über eisige Sümpfe und verschneite Steppen, durch unheimliche windgepeitschte Wälder und über eisverkrustete Prärie.

Mitten im Winter kam sie an. Sie kam allein.

Kitiara stellte fest, daß Whitsett sich sehr verändert hatte.

Whitsett war der Name einer Gemeinde, die nicht viel größer war als das Dorf, das der Slig in Angst und Schrecken versetzt hatte. Der Name bezog sich aber auch auf den losen Bund von Häusern und Höfen im umliegenden Tiefland, das von den Nebenarmen eines wilden Stroms durchzogen war. Diese beiden Lehen, die vor fast vier Jahren im Mittelpunkt der Fehde gestanden hatten, waren ausgeblutet. Jetzt waren sie in den größeren Bund eingegangen, der ehrenhaft von einem hohen Beamten geleitet wurde, auf den sich alle Familien geeinigt hatten. Dieser entschied in Handels- und Rechtsfragen.

Die beiden ansässigen Lords, die den Krieg zwischen ihren Gefolgsleuten angezettelt und vorangetrieben hatten, waren in der Zwischenzeit gestorben. Einer eines natürlichen Todes, der andere gewaltsam. Ihre Offiziere hatten sich verstreut. Nachdem die Anführer tot waren, sah keine Seite einen Grund, alte Feindschaften fortzusetzen, und der ausgehandelte Frieden dauerte an.

Der Gefängniswärter aus jenen Jahren war wegen Bestechlichkeit gehängt worden. Das Gefängnis war abgebrannt, und man hatte ein neues gebaut. Der zuständige Beamte hatte inzwischen schon dreimal gewechselt. Kein Verantwortlicher konnte jemanden nennen, der etwas mit dem damaligen Todesurteil gegen einen Söldner namens Gregor Uth Matar zu tun gehabt hatte.

Auch wenn nur wenige behaupten konnten, sie hätten Gregor gekannt, so gingen doch zahlreiche widersprüchliche Legenden über sein Schicksal in Whitsett um.

Der Neffe des damaligen Wärters erzählte Kitiara: »Mein Onkel wurde nicht wegen Bestechlichkeit gehängt, sondern weil ein bestimmter Mann entkommen ist. Das war die Anklage, die seine Feinde gegen ihn erhoben. In Wirklichkeit hat er den Gefangenen reingelegt und das Geld eingesteckt. Der eigentliche Grund für seine Hinrichtung war, daß er seinen Vorgesetzten um dessen Anteil an dem Bestechungsgeld gebracht hat. Was den Gefangenen selbst angeht, diesen Gregor, tja, ich glaube, der ist am Galgen geendet.«

Ein alter Mann aus dem Dorf berichtete Kit: »An jenem Tag gab es eine Massenhinrichtung. Nicht nur deinen Gregor – zehn, zwölf Männer. Aber es heißt, am Ende habe einer gefehlt, und diesem Mann soll man einen geheimen unterirdischen Gang gezeigt haben ...« Der Alte konnte die Existenz eines solchen unterirdischen Fluchtwegs jedoch nicht beweisen.

Ein dritter Mann, der die Entscheidungsschlacht angeblich von einem Hügel aus mitangesehen hatte, sagte: »Ich habe gehört, sie hätten den Falschen erwischt. Dieser Gregor, das war ein ganz Schlauer. Er hat die Verschwörung geahnt und jemand anderen in seine Kleider gesteckt. Es wurde der falsche Gregor gefaßt und geköpft, während der wahre Gregor unerkannt entkam und aus dieser Gegend verschwand.«

Keiner konnte seine Version der Geschichte beweisen. Das schlimmste war, daß Kit keinem die Schuld geben, keinen hassen, keinen um ihres Vater willen töten konnte.

Nach drei Wochen in und um Whitsett verließ eine zutiefst enttäuschte Kit, nicht klüger als zuvor, den Ort wieder.

Über sieben Jahre durchstreifte Kitiara Uth Matar den Norden, immer gleichermaßen auf der Suche nach Abenteuern und Schätzen wie nach ihrem Vater. Sie hörte nichts mehr von Gregor. Falls er noch lebte, folgerte sie, war er nicht länger im Norden. Wenigstens gewann sie viele Reichtümer und viele Erfahrungen.

Von ihren Reisen ist wenig Sicheres bekannt.

Es heißt, daß Kitiara Verwandte ihres Vaters im Herzen von Solamnia aufsuchte, weil sie dort etwas über ihn zu erfahren hoffte. Sie wußten weniger als Kit. Von Gregor hatten sie seit vielen Jahren nichts mehr gehört, und ihre Fragen waren nicht willkommen. Dementsprechend kurz und unerfreulich war Kits Aufenthalt in jener Gegend.

Es heißt, daß Kitiara lange Zeit mit zwei Männern, zwei ausgezeichneten Schwertkämpfern, herumreiste. Sie zogen durch die Wildnis, wo sie einsamen Reisenden auflauerten. Ihre Begleiter waren beide in sie verliebt, und nach einem Streit tötete der eine im Rausch den anderen, nur um am anderen Morgen beim Aufwachen festzustellen, daß Kitiara verschwunden war.

Es heißt, daß Kitiara in einem Gasthaus eine Wette verlor und gezwungen war, einem Kopfgeldjäger zu gehorchen, der flüchtige Minotaurensklaven jagte. Er nutzte ihre Schulden bei ihm aus und hatte seinen Spaß daran, sie niedere Dienste verrichten zu lassen, zum Beispiel seine Stiefel zu putzen und zu wienern. Er hatte jedoch auch anziehende Seiten, und es machte ihr Spaß, die Minotauren zu verfolgen und dabei ihr Können als Fährtenleserin zu verbessern. Auf jeden Fall vertrieb sich Kitiara nur die Zeit und gewann nach sechs Wochen ihrerseits wieder. Der Kopfgeldjäger war ihr dann ebenso lange unterstellt.

Eine Zeitlang zog Kitiara als Pfadfinderin und Beschützerin mit Handelskarawanen herum, die auf ihrem Weg zur Grenze Hobgoblingebiet durchqueren mußten. Augenzeugen zufolge zeichnete sie sich bei zahlreichen Scharmützeln und Überfällen aus.

Mindestens zwei Monate soll Kit unter falschem Namen mit Macaires Bande im Nordwesten unterwegs gewesen sein – der Bande Gesetzloser unter der Leitung von Macaire, dem verschlagenen Halbmenschen, der dafür bekannt war, kleine Siedlungen und einsame Gehöfte zu überfallen und der nie gefaßt wurde. Die Beschreibung der Frau, die damals an Macaires Seite auftrat und ihm an Furchtlosigkeit gleichkam, paßte zu Kitiara. Ihr Deckname war »Finsteres Herz«.

Wieviel davon wahr ist und wieviel Gerede, ist unklar.

Wie man es auch zusammenzählt – von Monaten, ja, ganzen Jahren jener Zeit weiß man nicht, wo Kitiara steckte und was sie machte. Vielleicht war sie unter falschem Namen unterwegs. Vielleicht hatte sie irgend etwas umgeworfen.

In den ersten drei Jahren ihrer Fahrten kam sie zweimal zu sehr kurzen Besuchen nach Hause, um ihrer Familie Geld zu bringen. Ohne jedoch eine bewußte Entscheidung darüber zu treffen, waren vier weitere Jahre vergangen, ohne daß sie nach Solace gereist war oder daß sie etwas von ihrem Vater gehört hatte.

Fast sieben Jahre nachdem sie Ursa getötet hatte, war Kit in einer Mühlenstadt westlich von Palanthas in Küstenlund in einem Gasthaus abgestiegen, als ein Kender auf sie zukam.

Dieser Kender war jener Asa, der auf seinem Weg durch Krynn regelmäßig in Solace haltmachte, weil er Kräuter und Wurzeln sammelte und verkaufte. Neben anderen Aktivitäten besserte er sein Einkommen durch Kurierdienste auf.

Wie er Kitiara ausfindig machte, ist nicht recht klar. Aber Kender haben da so ihre Methoden.

Der Kender händigte Kit ein versiegeltes Papier von Caramon aus, erntete für seine Mühe jedoch nicht den wohlverdienten Lohn, sondern finstere Blicke, bis er sich verzog. Der Brief lautete:

Liebe Kitiara,

dieser Kender sagt, wenn dich überhaupt jemand finden kann, dann er, also habe ich ihm sechs Münzen dafür gegeben. Kender sind diebisch, aber ehrlich, also hoffe ich, es gelingt ihm, und zwar bald.

Ich schreibe diesen Brief eigenhändig, aber Raistlin sagt mir, was ich schreiben soll. Er würde selbst schreiben, aber er ist müde von der Anstrengung, unserer lieben Mutter beizustehen, die im Sterben liegt.

Zuerst muß ich dir sagen, daß wir vor kurzem eine schlimme Tragödie erlebt haben. Unser armer, geliebter Vater Gilon ist tot.

Es waren furchtbar widrige Umstände, und ich glaube, es war einfach Schicksal.

Anscheinend war er am Baumfällen, als sich ein Sturm zusammenbraute. Er hätte aufhören sollen, denn der Wind frischte unerwartet aus einer anderen Richtung auf und blies den Baum so um, daß sein Bein darunter eingeklemmt und zerquetscht wurde. Gilon konnte sich nicht herauswinden.

Vielleicht war der Sturm schuld, daß ich Amber nicht gleich vor der Tür bellen hörte. Ich war erstaunt, daß Gilon nicht bei ihr war. Raistlin war in der Zauberschule, und ich paßte auf Rosamund auf. Ich rannte hinter Amber her, aber ich brauchte mindestens eine Stunde, bis ich an den Platz kam, wo Gilon gefangen war.

Weil ich nicht gewußt hatte, was los war, hatte ich keine passende Ausrüstung dabei, so daß ich eine weitere Stunde brauchte, bis ich Gilon befreit und eine einfache Trage für ihn gebaut hatte, auf der ich ihn nach Hause ziehen konnte (denn er konnte natürlich nicht laufen).

Bis dahin war der Unfall schon mehrere Stunden her. Sein Bein war schwarz vom Blut und von der Entzündung. Er war nicht bei Bewußtsein.

Der Kleriker sagte, sein Bein hätte sowieso abgenommen werden müssen, wenn er nicht an Lungenentzündung gestorben wäre, weil er so lange im kalten Wind und im Regen gelegen hatte. Er starb noch auf dem Heimweg. Erst als wir ankamen, merkte ich, daß er tot war.

Wir sind sehr traurig. Das Haus ist nicht mehr dasselbe.

Raistlin sagt, ich hätte mein Bestes getan.

Diese Nachricht hat Mutter zerstört. Oh, Kit, es war schrecklich, es ihr sagen zu müssen. Raistlin wollte das übernehmen.

Das ist jetzt ein paar Wochen her. Mutter ist so bleich wie der Tod und lebt kaum noch. Raistlin ist sehr geschickt darin geworden, ihre Schmerzen mit Tränken zu lindern.

(Ich bin ein sehr guter Schwertkämpfer geworden, und ich wünschte, du wärst hier, damit ich mit dir ein paar Dinge ausprobieren könnte.)

Aber sie lebt nicht mehr lange, und ich wünschte, du wärst hier, um uns zu helfen. Wenn der Kender dich mit diesem Brief findet, dann entschuldige ich mich, weil er so lang ist. Aber wenn du kannst, dann wünschte ich, du würdest kommen.

Deine Brüder,

Caramon und Raistlin

Kit legte den Brief hin. Ihre Beine lagen auf dem Tisch. Ihr Bierkrug blieb unangerührt, während sie gedankenverloren und stirnrunzelnd dasaß.

Um die Wahrheit zu sagen, dachte Kitiara hin und wieder an zu Hause – an das Haus, an ihre alten Freunde und Feinde dort, an Gilon, an ihre Brüder, an Rosamund.

Der Brief war eine Ausrede für ihre Heimreise. Innerhalb von einer Stunde hatte sie ihre Rechnung beglichen, ihr Pferd gesattelt und es mit Geschenken und Schätzen beladen.

Die rundliche Frau, die über die Straße ging, war so überrascht von dem Pferd, das plötzlich an ihr vorbeigaloppierte und Matsch auf ihre saubere weiße Schürze spritzte, daß ihr kaum Zeit blieb, den Reiter anzusehen.

Eine schlanke, durchtrainierte junge Frau mit feiner Hose und glänzendem Brustpanzer saß im Sattel, und ihr unbändiges schwarzes Haar wippte auf und ab. Hinter ihr flatterte ein tiefroter Mantel.

Minna drohte der arroganten Reiterin mit der Faust und zupfte dann ihren Haarknoten zurecht. Sie hatte Kitiara Uth Matar nicht erkannte, und diese hatte die alte Hebamme gar nicht bemerkt.

Im Haus Majere mischten sich Freude und Trauer. Die Jungen begrüßten Kitiara herzlich. Jungen! Mit sechzehn waren sie bereits junge Männer. Raistlin war groß und schwächlich und hatte seinen üblichen Husten, doch er sah seine Halbschwester voller Wärme an. Der kräftige Caramon zerquetschte Kit beinahe in seinen Armen, bis sie ihm streng befahl, sie loszulassen.

Beide bestaunten ihre Rüstung und die feine Kleidung, den kräftigen Rotschimmel, den sie ritt, und die Pakete, die er schleppte. Sie hatte Geld dabei, um die alten Schulden zu begleichen, dazu einen Haufen Geschenke für die beiden.

Das glückliche Wiedersehen wurde von der Tragödie überschattet, die sich im Inneren des Hauses abspielte, wo Rosamund im Sterben lag. Sie sah aus wie ein Gespenst. Ihr Kämmerchen war mit Kerzen beleuchtet, und ihre treue Schwester Quivera saß an ihrem Bett. Quivera nickte Kit unsicher zu, als diese schließlich eintrat.

Rosamund nahm kaum oder gar nicht wahr, daß Kit nach Hause gekommen war.

Kit beschloß, in Gilons Bett zu schlafen, um während der letzten Tage ihrer Mutter immer greifbar zu sein. Doch die Tage zogen sich in die Länge, und Rosamund starb nicht. Sie machte die Augen nicht mehr auf, sie verließ ihr Bett nicht mehr, und ihr Atem ging in schwachen Zügen, doch sie starb nicht.

Eines Morgens begegnete Kit unten auf dem Markt Aurelie. Ihre alte Freundin war kerngesund, doch sie war inzwischen verheiratet und hatte zwei kleine Kinder. Ein gutaussehender, dicker Bauer, der ihre Einkäufe trug, musterte Kit, um dann an Aurelie zu zerren. Das Paar lief rasch weiter. Die alten Freundinnen hatten einander wenig zu sagen.

Einen Nachmittag ging Kit mit Caramon reiten. Der ältere Zwilling hatte sich sehr verändert – er war nicht nur größer und stärker, sondern auch klüger geworden. Durch Gilons Tod war er gereift. Wenn Kit ihrem Halbbruder jetzt in die Augen sah, mußte sie an ihren Stiefvater denken. Wie sehr der Junge Gilon ähnelte. Außerdem hatte Caramon die beständige Gutmütigkeit seines Vaters geerbt.

Auch in anderer Hinsicht hatte sich Caramon verändert. Kit bemerkte schmunzelnd, daß er sich hin und wieder spätabends davonstahl, um sich unten am Krystallmirsee mit einem der Dorfmädchen zu treffen.

Meistens hielt Kit nachts eine Weile mit Raistlin Wache, der die Aufgabe übernommen hatte, sich in den dunkelsten Stunden um Rosamund zu kümmern. Die Visionen, unter denen Rosamund sonst gelitten hatte, ließen nach, aber sie neigte immer noch dazu, sich stöhnend hin- und herzuwerfen. Auf diese armselige Weise verbrauchte Kits Mutter das bißchen Energie, das sie noch hatte.

Im Gegensatz zu Caramon war Raistlin wenig gesprächig – ganz im Gegenteil. Aber in seinem Fall hatte Kitiara gelernt, auf die Pausen zu achten, und die gemeinsam verbrachte Zeit an Rosamunds Krankenbett erneuerte trotz der schlimmen Begleitumstände ihre Bindung.

Rosamunds Schwester war die meiste Zeit bei ihnen. Tagsüber löste sie Kit ab, und nachts schlief sie zusammengerollt auf einer Matratze im großen Raum vor dem Feuer. Als schlichte Frau machte Quivera einen weiten Bogen um Kitiara, und für die Tochter von Gregor war sie kaum vorhanden.

Solace erschien ihr kleiner und langweiliger denn je. Die Familie war in einem ebenso zähen wie schrecklichen Schwebezustand gefangen. Vor ihrer Ankunft hatte Kit sich irgendwie vorgestellt, sie könnte endlich mit Rosamund Frieden schließen, doch ihre Mutter war so weit entfernt, daß sie auf Worte nicht mehr reagieren konnte. Und Kitiara fragte sich, was sie ihrer Mutter überhaupt hätte sagen wollen.

Kit wünschte sich dringlichst, es wäre alles vorüber. Und bei diesem Wunsch verspürte sie nicht das geringste Schuldgefühl.

Fünf Wochen nach dem Tag, an dem Kitiara in Solace eingetroffen war, starb Rosamund. Raistlin war mit ihr allein gewesen und weckte die anderen, um es ihnen zu sagen. Am Morgen eröffnete Kitiara ihren Brüdern, daß sie nicht bis zum

Begräbnis bleiben würde, welches in Solace traditionsgemäß erst nach drei Tagen stattfand.

»Bleib«, bat Caramon.

»Ist in Ordnung«, sagte Raistlin. »Geh.«

Jeder hatte auf seine Weise verstanden.

Während Rosamunds Körper gewaschen und in Leinen gewickelt wurde, sah Kitiara nach ihrem Pferd, das unter der Hängebrücke zum Haus stand. Sie kam herauf, um sich zu verabschieden und um jedem Bruder einen kleinen Lederbeutel mit sorgfältig ausgewählten Edelsteinen zu schenken, die so viel wert waren, daß beide für mindestens ein Jahr alle Sorgen los waren.

»Danke«, stammelte Caramon.

Raistlins Augen verrieten seine Dankbarkeit.

»Geht klug damit um. Die habe ich mir hart erkämpft«, sagte Kit augenzwinkernd.

Dann fiel ihr im letzten Augenblick etwas ein. Sie rannte wieder hinein und kletterte die kleine Leiter zu dem Speicher hinten in der Hütte hoch, wo sie ihre Mädchenzeit verbracht hatte, wenn man das so nennen konnte.

Die Möbel waren umgestellt worden, so daß sie einige Zeit suchen mußte, bis sie das lose Brett in der Wand fand, an das sie sich erinnerte. Sie griff dahinter und holte ein hölzernes Kinderschwert heraus, das kleiner war als in ihrer Erinnerung und noch dazu völlig verdreckt. Sie nahm es mit, als sie – ohne einen weiteren Blick in den Raum, wo Quivera sich um den Körper ihrer toten Schwester kümmerte – das Haus verließ.

Kit steckte das Holzschwert zwischen ihre Sachen, bevor sie losritt. Was sie damit wollte, war schwer zu sagen. Aber ein Holzschwert war das einzige aus Solace, was Kit mitnehmen wollte, eine Erinnerung an Gregor Uth Matar. Nicht, daß sie überhaupt noch an ihren Vater dachte. Oder an Patrick oder Beck Gwatmey oder Ursa Il Kinth. All das lag hinter ihr.